H. L. McCutchen

DAS LAND DER VERLORENEN ERINNERUNG

Julia Marie Kannam und Catherine Clara Kannam.
Diese Geschichte habe ich für euch geschrieben.

H. L. McCutchen

Das Land der verlorenen Erinnerung

Aus dem Amerikanischen übersetzt von Martin Baresch

Illustrationen von Birgit Brandt

Loewe

Bibliografische Information Der Deutschen Bibliothek
Die Deutsche Bibliothek verzeichnet diese Publikation in der Deutschen Nationalbibliografie; detaillierte bibliografische Daten sind im Internet über *http://dnb.ddb.de* abrufbar.

Der Umwelt zuliebe ist dieses Buch auf chlorfrei gebleichtem Papier gedruckt.

ISBN 3-7855-4802-8 – 1. Auflage 2003

Die Originalausgabe ist in den USA bei Scholastic INC., 557 Broadway, New York, NY 10012 USA unter dem Titel *Lightland* erschienen.

Aus dem Amerikanischen übersetzt von Martin Baresch.
Dieses Werk wurde vermittelt durch die Literarische Agentur Thomas Schlück GmbH, 30827 Garbsen.
Umschlagillustration: Birgit Brandt
Umschlaggestaltung: Andreas Henze
Gesamtherstellung: Clausen & Bosse, Leck
Printed in Germany

www.loewe-verlag.de

Inhalt

11	Einleitung
13	Das Geschichtenkästchen
41	Lichtland
55	Lewis' Aufsatz
72	In der Dunkelheit
87	Zurückgelassen
104	Blaue Funken
118	Ein kleiner Freund
134	Erinnerungen
154	Der Nachtkönig
167	Der Raum unter der Mühle
178	Der Schleier des Vergessens
197	Das Kreisel-Zimmer
211	Glühwürmchen
222	Alles, was ich weiß

Einleitung

Als Lottie Cook geboren wurde, starb ihre Mutter. Später erzählte Lotties Vater oft, sie sei mit weit geöffneten Augen zur Welt gekommen – und dies mochte der Grund dafür sein, dass selbst ihre frühesten Erinnerungen so verblüffend deutlich waren. Lottie konnte sich an das kalte Metall des Kinderbettchens im Krankenhaus entsinnen und an den stumpfen, blechernen Geschmack des Babypuders. Sie erinnerte sich an die großen Hände ihres Vaters, die so einsam und verloren wirkten, als sie Lottie aus dem Krankenhaus nach Hause trugen. Und sie wusste noch genau, wie breit und zugleich traurig ihr Vater gelächelt hatte – damals, als sie ihn zum allerersten Mal sah.

Sich zu erinnern war Lotties Lieblingsbeschäftigung. Es fing damit an, dass sie Geschichten über die Mutter sammelte, die sie niemals kennen gelernt hatte. Obwohl sie noch winzig klein war, vertraute ihr Vater darauf, dass sie alle Erinnerungen sammelte, sicher verwahrte und mit ihm teilte. Im Alter von vier Jahren machte sie daraus Geschichten. Und als sie heranwuchs, wuchsen auch ihre Geschichten mit ihr.

Ihr erstes magisches Erlebnis hatte Lottie, als sie elf wurde. Das war das Jahr, in dem ihre großen Abenteuer begannen. Doch um all diese Geschehnisse in ihrer ganzen Tragweite verstehen zu können, ist es am besten, zunächst eine kleine Reise in die Vergangenheit zu machen, hin zu einem verregneten Sommermorgen, an dem die damals sechs Jahre alte Lottie vor einer verschlossenen Tür stand.

Das Geschichtenkästchen

Lottie und ihr Vater lebten zu zweit in einem seltsamen, kleinen Haus mitten in einem Maisfeld. An diesem ganz besonderen, regnerischen Morgen stellte die sechsjährige Lottie fest, dass die Werkstatt ihres Vaters von innen verschlossen, sie selbst also ausgesperrt war. Es war genau eine Woche vor ihrem ersten Schultag. Lottie spähte gerade neugierig durch den Spalt unter der verzogenen Tür, als sie das Geräusch schlurfender Schritte hörte. Sie musste nicht über die Schulter blicken, um zu wissen, wer das war. Dieses Schlurfen kannte sie nur allzu gut.

„Lewis, schau dir das an“, wisperte Lottie.

„Was macht er diesmal?“

„Keine Ahnung. Ich kann nur seine Füße sehen.“

Lewis Weaver war Lotties bester Freund. Lottie war Lewis’ einziger Freund. Niemand sonst konnte sich auch nur vorstellen, mit Lewis befreundet zu sein, denn er sprach mit niemandem. Kein Wort. Außer mit Lottie hatte er seit seinem dritten Lebensjahr nicht mehr geredet. Seine Mutter ärgerte sich darüber unbeschreiblich. Doch ganz gleich, was Mrs Weaver in dieser Angelegenheit unternahm, ob sie einen Riesenwirbel veranstaltete oder lediglich wutschnaubend im Kreis herumstapfte – Lewis nickte, zuckte mit den Schultern, schüttelte den Kopf ... und redete mit Lottie. Und zwar nur, wenn kein anderer ihn hören konnte.

Irgendwann ging Mrs Weaver dazu über, jeden Morgen ein kleines Notizbuch an Lewis' Handgelenk zu befestigen. Sie hoffte, dann würde er sich wenigstens schreibend und zeichnend mit anderen verständigen. Doch Abend für Abend wurde sie aufs Neue enttäuscht, denn Lewis füllte das Notizbuch nur mit wunderlichen Zeichen und Kritzeleien, die zur Verständigung mit ihm herzlich wenig beitrugen. Die Erwachsenen in der Stadt waren jedoch überzeugt davon, dass dieses Problem schon bald der Vergangenheit angehören würde – dann nämlich, wenn Lewis eingeschult wurde. In der Schule würde man ihn sicherlich dazu bringen, wieder zu sprechen.

Lewis versuchte, die Tür der Werkstatt aufzudrücken, doch sie war tatsächlich versperrt. Er rüttelte am Türgriff.

„Bleib draußen!", brüllte Lotties Vater hinter der Tür. „Es ist noch nicht fertig! Es ist ein Geschenk zu deinem ersten Schultag!"

Lottie schüttelte bedächtig den Kopf. „Ich geh nicht zur Schule", stellte sie Lewis gegenüber klar.

In der Stadt, in der Lottie und Lewis lebten, war der Besuch des Kindergartens freiwillig, und da die beiden ziemlich gescheit waren, hatten sie sich dagegen entschieden, dort ihre Zeit zu verschwenden. Der Schule zu entgehen schien schwieriger zu sein, aber noch hatten sie nicht aufgegeben. „Ich geh nicht zur Schule", wiederholte Lottie, an die verschlossene Tür gewandt. „Niemals."

„Oh doch, das wirst du", knurrte ihr Vater sehr entschieden zurück.

„Meine Mutter behauptet, die Schule sei toll", flüsterte Lewis wenig überzeugt. Lottie und Lewis sahen sich an und brachen in schallendes Gelächter aus. Beinahe alles, was Mrs Weaver von sich gab, rief bei ihnen Heiterkeitsausbrüche hervor. Sie lag einfach immer daneben.

Lewis' Vater war ein hervorragender Wissenschaftler gewesen und vor drei Jahren spurlos verschwunden. Seither hatte nie wieder irgendjemand auch nur ein Wort über ihn verloren. Lewis und Lottie spürten ganz deutlich, dass sich alle geradezu davor fürchteten, ihn auch nur zu erwähnen. Mrs Weaver tat nach dem plötzlichen Verschwinden ihres Mannes einfach so, als habe es ihn nie gegeben.

Lewis' Mutter war eine unfreundliche Frau, die ein immer währendes Stirnrunzeln zur Schau trug. Als würde sie an einer Zitrone lutschen, sagte Lottie immer. Ihre Miene war stets verkniffen, ihre Fäuste fortwährend geballt. Es war ein Jammer.

Aber wenigstens hatten die beiden Lotties Vater, der sie von Herzen liebte. Eldon Cook mochte auf den Rest der Welt ein wenig zurückhaltend wirken, doch sobald er Lottie anschaute, konnte sein Lächeln ein ganzes Zimmer erhellen. Er liebte ihre glatten braunen Haare. Er liebte die sieben Sommersprossen auf ihrem Nasenrücken. Und er liebte es, wie sich die Farbe ihrer Augen mit dem Wetter zu verändern schien. Er hatte einen Schatz in dieser Welt, und das war Lottie.

Spät an diesem Abend, nachdem Lewis und Lottie gemeinsam gegessen hatten und Lewis nach Hause gegangen war, hörte Lottie endlich, wie die Tür der Werkstatt aufgeschlossen wurde. Mr Cook kam mit einem Gegenstand unter dem Arm heraus. Das Ding war in eine alte Decke gewickelt und ungefähr so groß wie eine Schuhschachtel. „Bereit?“, fragte Mr Cook. Lottie nickte, und er ließ sie die Decke auseinander schlagen.

Es war, na ja – eine *Schuhkiste*. Ein hölzernes Schuhkästchen mit einem hölzernen Deckel. Das Holz glänzte herrlich in einem dunklen Kirschrot. Plötzlich hatte Lottie Angst, ihr Vater könnte den alten Kirschbaum neben der Hintertür gefällt haben.

„Von allen Menschen, die ich kenne, hast du das beste Gedächtnis, Lottie. Du erinnerst dich an große Dinge und an kleine Dinge und an solche, die gar nie passiert sind. In deinem klugen Kopf ist Platz für alles, was um dich herum vorgeht. Aber jetzt kommt die Schule.“

Lottie verdrehte die Augen, als wolle sie sagen: „Das werden wir ja sehen“, doch Mr Cook öffnete bereits das Kästchen. Das Innere schimmerte hellrot, und im Halbdunkel des Zimmers schien es beinahe zu glühen.

„In der Schule“, fuhr ihr Vater fort, „wirst du dich an viele andere Dinge erinnern müssen, die den Platz in deinem Kopf einnehmen werden. Zum Beispiel, was fünf plus acht ist. Und wie man *Haus* buchstabiert.“

„Fünf plus acht ist dreizehn“, sagte Lottie.

Mr Cook lachte und zerzauste ihr die Haare.

„*H-a-u-s*“, buchstabierte Lottie.

„Ich weiß, dass du schon alles weißt, aber du musst trotzdem zur Schule gehen. Und deshalb“ – ihr Vater lächelte selbstzufrieden – „brauchst du das hier.“

Lottie starrte ihn nur an.

„Es ist ein Geschichtenkästchen“, fuhr ihr Vater fort. „Darin bewahrst du kleine Schnipselchen und Stückchen von jeder Geschichte auf, an die du dich erinnern willst. Auf diese Art und Weise wirst du niemals Platzprobleme bekommen, wenn sich dein Kopf mit Schulstoff füllt. Und du wirst nie die wirklich wichtigen Dinge vergessen.“ Er küsste sie auf den Kopf und drückte ihr das Kästchen in die Arme.

Lottie umfasste es mit beiden Händen. Es fühlte sich warm an, beinahe lebendig ... „Hast du meinen Kirschbaum umgehauen?“

„Na ja, also, Lottie ... Ja und nein.“

Lottie biss sich auf die Unterlippe und ging zum Küchenfenster. Sie stieß es auf und lehnte sich in den Sturm hinaus. Und dort, im strömenden Regen, sah sie – nichts. Wo ihr Lieblingsbaum hätte stehen müssen, klaffte nur ein leerer Fleck im Hof.

„Er ist letzte Nacht vom Blitz getroffen worden“, sagte ihr Vater ruhig. „Der Baum hätte es nicht überstanden. Aber dieses Kästchen kannst du für immer aufbewahren.“

Damit gab sich Lottie nicht zufrieden. „Ich erinnere mich“, begann sie eine ihrer ältesten Geschichten, „dass es diesen Baum schon gab, als ich noch gar nicht auf der Welt war. Mama hat einen Kirschkern aus dem Küchenfenster gespuckt, und daraus ist er gewachsen. Sie hat ihm jeden Morgen etwas vorgesungen, während sie darauf gewartet hat, dass ihr Teewasser endlich kocht. Und dann war Mama plötzlich nicht mehr da, und ich war ein Baby. Ich habe unter den Kirschblüten geschlafen und konnte sie immer noch singen hören ..."

Ihr Vater lächelte geduldig.

„Wir hätten versuchen können, meinen Baum zu retten", sagte sie.

„Er hätte sich nicht mehr erholt."

„Vielleicht doch."

Wie konnte sie sich über ein Geschenk freuen, dem ihr Erinnerungsbaum zum Opfer gefallen war? Je länger sie darüber nachdachte, desto wütender wurde sie auf ihren Vater. „Dieses Kästchen ist sehr klein", stellte sie kühl fest. „Da wird nicht viel reinpassen."

Über den Maisfeldern grollte der Donner. Das Kästchen schimmerte, sooft ein neuer Blitz aufleuchtete, und der Donner krachte und dröhnte und schien mit Riesenschritten immer näher zu kommen. Mr Cook lächelte zuerst ein wenig scheu, aber dann wurde sein Lächeln breiter und breiter, bis es von einem Ohr zum anderen reichte. „Das hab ich schon bedacht. Probier's einfach aus."

Doch das tat Lottie nicht.

Ein paar Tage später war es so weit: der erste Schultag. Lotties Laune war fürchterlich. Sie hatte ihrem Vater noch nicht verziehen, dass er ihren Baum gefällt hatte, und jetzt schickte er sie auch noch zur Schule! Sie würdigte das neue Kleid mit dem gelben Karomuster, das er extra für sie gekauft hatte, keines Blickes. Fünf Minuten vor acht saß sie noch immer mit ihrem blauen Flanell-Schlafanzug und purpurroten Hausschuhen am Frühstückstisch.

„Du willst doch hoffentlich nicht im Schlafanzug zur Schule gehen?“, erkundigte sich ihr Vater ängstlich.

„Auf die Art kann ich so tun, als wäre das alles bloß ein Traum“, murmelte Lottie über ihrer Schüssel mit den Cornflakes. Dann sah sie auf und bedachte ihren Vater mit einem eisigen Blick. „Und wenn du mich zwingst, etwas anderes anzuziehen, ziehe ich das einfach aus, sobald ich da bin. Dann gehe ich eben nackt zur Schule. Du weißt, dass ich das tun würde.“

Oh ja, das wusste er.

So kam es, dass Lottie Cook im Schlafanzug zur Schule ging. Tag für Tag. Und es war ihr eindeutig völlig egal, was die anderen davon hielten.

Lottie war derart wütend auf ihren Vater, weil er sie zwang, zur Schule zu gehen, dass sie beinahe fünf Jahre lang schmollte und weiterhin nur Schlafanzüge trug. Allerdings wurde sie bei weitem nicht so gehänselt, wie man vielleicht vermuten würde. Es ist nicht sonderlich lustig, jemanden zu hänseln, dem dies einfach nichts ausmacht. So trug Lottie ihre Schlafanzüge in der ersten Klasse und in der zweiten ebenfalls. Natürlich, einige Leute schüttelten den Kopf, als sie auch in der dritten und vierten Klasse nur Schlafanzüge anhatte. Doch in der fünften waren Lottie und ihre Schlafanzüge kein Thema mehr.

Als sich das fünfte Schuljahr seinem Ende zuneigte,

blätterte Lottie viel in Katalogen und interessierte sich insbesondere für dicke, flauschig weiche Schurwoll-Schlafanzüge. „Das Problem ist der Schulweg im Winter", erklärte sie Lewis. „Durch diesen Flanellstoff pfeift ganz schön der Wind."

Lottie und Lewis gingen viermal pro Woche morgens miteinander zur Schule. Freitags musste Lewis statt zur Schule zu einem Sprachtherapeuten gehen. Die Erwachsenen hofften, dort würde er lernen, neben Lottie auch mit anderen Menschen zu reden.

„Was machst du eigentlich in diesem Sprech-Unterricht, Lewis?", wollte Lottie wissen. „Du redest doch nicht etwa mit diesem Lehrer, oder?"

Allein bei dem Gedanken daran schauderte Lewis. „Natürlich nicht! Ich hör ihm einfach eine Weile zu, wie er *fooor-muuuh-liert*. Und dann redet und redet er immer weiter, und ich schlafe ein ... Und das tu ich dann die ganze restliche Zeit über." Sie lachten.

Lewis schlief nämlich mit offenen Augen. Er hielt nicht einfach ein Nickerchen oder träumte vor sich hin. Oh nein: Er schlief richtig. Tief und fest. Jemand, der dieses Geheimnis nicht kannte – und außer Lottie und Mrs Weaver kannte es niemand –, hätte nie im Leben auch nur Verdacht geschöpft. Während Lewis schlief, blinzelte er ganz normal, und seine dunkelbraunen Augen sahen wie immer aus. Nur sein Kopf sank kaum merklich tiefer und tiefer, und seine Lippen waren ungewöhnlich entspannt. Er träumte nie und konnte, falls nötig, buchstäblich augenblicklich aufwachen. Wenn er manchmal ein wenig langsam reagierte, so waren die meisten Leute der Meinung, das komme daher, weil er, nun, eben ein wenig langsam *war*.

Lottie hatte versucht, Lewis beizubringen, mit geschlossenen Augen zu schlafen, aber das war ein glatter Misserfolg gewesen. Lewis schlief selbst nachts so. Wenn er nachts schlief.

Meist schlummerte Lewis nämlich tagsüber. Er schlief in der Schule, und keiner bemerkte es. Die Lehrer riefen ihn nie auf, da er sowieso nichts sagte. Und wenn es Zeit war, zum Mittagessen zu gehen, oder wenn eine Feueralarmübung stattfand, dann versetzte Lottie ihm einen Knuff. Er schlief in der Kirche, auf Autofahrten, Busreisen und während der Klavierstunden. Unglaublich jedoch war, dass Lewis trotzdem alles aufzunehmen schien, was um ihn herum geschah. In Klassenarbeiten erinnerte er sich immer an die entsprechenden Unterrichtsthemen, er versäumte im Bus niemals seine Haltestelle, und seine Noten waren, wenn auch nicht gut, so doch immer ausreichend.

Nachts schlenderte er in aller Ruhe im Haus herum, und manchmal, wenn der Mond hell genug am Himmel stand, verlief er sich auch in die Stadt. „Ich seh mich einfach nur ein bisschen um", pflegte er Lottie zu erklären.

Es war nicht so, dass Lewis die Dunkelheit mochte. Im Gegenteil, er hatte eher Angst davor. Doch wenn die Nächte hell und klar waren, wagte er sich hinaus. Seine bleiche Haut hatte einen milden Schimmer, der, Lotties Meinung nach, eindeutig vom Mondlicht stammte.

Dieses Geheimnis mochte Lottie am meisten an Lewis. War er wach, oder schlief er?

Lottie und Lewis wurden beide im Sommer elf. Wie jedes Jahr gaben sie im August zusammen eine kleine Geburtstagsparty. Und wie immer bestanden die Gäste aus Lewis' niederträchtigem Cousin James und der kleinen Cindy Arnold, die in derselben Straße wohnte. Geburtstagspartys im Sommer – ein garantierter Reinfall. Die meisten Kinder ihres Alters waren entweder mit ihren Eltern im Urlaub, oder sie mussten auf den Farmen bei der Arbeit helfen und konnten deshalb nicht kommen.

Lewis und Lottie amüsierten sich jedes Mal prächtig, wenn ihre Eltern bei diesen seltenen Anlässen aufeinander trafen. Die beiden Erwachsenen waren so unterschiedlich, dass es umwerfend komisch sein konnte, sie dabei zu beobachten, wie sie unbeholfen nebeneinander auf der Picknick-Bank saßen.

Mr Cook, der normalerweise kein schüchterner Mann war, pflegte sich dann meist schüchtern zu erkundigen: „Hatten Sie einen netten Sommer?"

Worauf Mrs Weaver üblicherweise misstrauisch zischelte: „Nicht unbedingt – warum wollen Sie das wissen?", bevor sie sich auf ihre guten Manieren besann und ihm ein schmallippiges Lächeln schenkte.

Doch wenn auch niemand besonderen Wert auf Mrs Weavers Gesellschaft legte, um nichts in der Welt hätten sie auf ihre sagenhaften Geburtstagstorten verzichtet, die Jahr für Jahr um eine Schicht höher wurden. Dieses Jahr bestand sie immerhin schon aus elf dünnen, saftig köstlichen Schichten Schlagsahne und Karamell und Marzipan ... und noch einigen mörderischen Dickmachern mehr. Torten backen war etwas, was Mrs Weaver besser konnte als irgendjemand sonst. Doch kaum sagte man ihr, wie gut die Torte schmeckte, verfinsterte sich ihre Miene, und man bekam zu hören, was alles an dem betreffenden Rezept nicht stimmte, und ganz zuletzt brummte sie meist etwas wie: „Dieses Ding werde ich nie wieder backen, nein, so dumm werde ich nie wieder sein, so viel steht fest. Schon die Eier allein haben mich ein Vermögen gekostet!"

In diesem Jahr brannten insgesamt zweiundzwanzig Kerzen - elf für jeden - auf der gewaltigen Torte. Es sah aus wie ein Freudenfeuer. Letztes Jahr, mit nur zwanzig Kerzen, waren mehrere Versuche nötig gewesen, um sie alle auszupusten. Dementsprechend ernsthaft und konzentriert gingen Lewis und Lottie nun ans Werk und holten gerade besonders tief Luft - als, buchstäblich aus dem Nirgendwo, ein heftiger Windstoß heranpfiff und alle Kerzen auf einmal ausblies. Alle anderen schrieben dieses Kunststück den Geburtstagskindern zu und klatschten begeistert. Mrs Weaver begann, dicke Tortenstücke abzuschneiden.

„Hast du das auch gesehen?", wisperte Lottie aufgeregt.

Lewis nickte missbilligend.

„Das ist ein Zeichen, Lewis", sagte sie mit einem verschmitzten Lächeln und wandte sich ihrer Torte zu. „Elf! Das wird bestimmt ein mächtig interessantes Lebensjahr."

Lewis hob zweifelnd die Augenbrauen.

„Glaub mir, Lewis. In zwei Wochen geht die Schule wieder los, und sie haben noch immer keinen neuen Lehrer für uns. Vielleicht können wir eine Klasse überspringen und kommen gleich in die siebte."

Sie wussten beide: Dieser Traum war zu schön, um wahr zu sein. Natürlich würde die Schulleitung einen Lehrer für die sechste Klasse finden und einstellen – spät zwar, aber auf alle Fälle noch rechtzeitig. Und gerade weil es so spät war, würde es möglicherweise ein Lehrer sein, der nirgendwo sonst angenommen worden war. Einer, der wirklich schrecklich war. Genau das machte Lewis Sorgen.

Lottie schleckte die letzten Zuckergusskrümel von ihrem Teller und lachte vergnügt in sich hinein. Lewis' säuerliche Miene beeindruckte sie überhaupt nicht. „Ich hab da so ein Gefühl", beharrte sie mit einem schokoladeverschmierten Grinsen. „Dieser Windstoß war ein gutes Zeichen."

Am ersten September machten sie sich gemeinsam auf den Weg zur Schule. Lottie fühlte sich fantastisch in ihrem neuen dunkelblauen Schlafanzug. Lewis dagegen wirkte angespannt. Seine Strümpfe hatten unterschiedliche Farben, und der Kragen seiner Jacke war umgestülpt. Die lockigen dunkelbraunen Haare standen noch widerspenstiger von seinem Kopf ab als sonst. Auch als sie das Maisfeld erreicht hatten und dann verschwunden waren, blickte er sich immer noch ständig ruckartig um: Er wollte von niemandem beim Reden ertappt werden. Doch da ihr Weg zur Schule zum größten Teil durch die Felder führte, kam es so gut wie nie vor, dass ihnen jemand begegnete.

Sie nahmen stets die Abkürzung durch den Mais. Es war nicht einfach, inmitten der hohen Pflanzenreihen seinen Weg zu finden. Man brauchte ein gutes Gefühl für die richtige Richtung, sonst konnte man sich leicht verirren und stundenlang im Kreis gehen. Aber natürlich stellte das für Lottie und Lewis kein Problem dar, schließlich war ihnen diese Gegend schon ihr ganzes Leben lang vertraut. Sie liebten das leise Rascheln der Maisstauden und seufzten immer, wenn sie wieder aus dem Feld herauskamen und die staubige Straße entlanggehen mussten. Als sie jedoch an diesem Tag den Mais hinter sich ließen, nörgelte Lewis nur immer weiter lautstark vor sich hin.

„Ich sag dir, Lottie, die neue Lehrerin macht mich nervös. Die kennt uns nicht. Sie wird Fragen stellen. Sie wird erwarten, dass ich rede. Vielleicht will sie sogar, dass du richtige Kleider anziehst. Das kann nicht gut gehen."

„Ohhh, komm schon, Lewis, woher willst du das wissen? Wir haben noch nie eine neue Lehrerin gehabt."

„Das meine ich ja. Wer ist sie? Warum will sie ausgerechnet hier in dieser Gegend leben? Ich meine – das hier ist das Ende der Welt, stimmt's? Und warum hat sie sich erst in letzter Minute beworben? Hierher verlaufen sich keine neuen Leute. Nie."

„Sie hat einen Job gebraucht. Vielleicht stimmt was nicht mit ihrem Oberstübchen, und eine andere Schule würde sie gar nicht erst anstellen."

Lewis schüttelte den Kopf. „Es ist verdächtig. Möglicherweise verändert sich alles. Was, wenn mit ihrem Oberstübchen alles in Ordnung ist? Wenn sie richtig gescheit ist?“ Dies war eine ausgezeichnete Frage. Lottie und Lewis verließen sich im Allgemeinen nämlich darauf, dass sie bedeutend gescheiter waren als ihre Lehrer. „Ich sag dir, irgendwas *wird* sich än–“

Schlagartig hörte Lewis auf zu reden. Lottie blickte über die Schulter, um nachzusehen, wer da im Anmarsch war. Wenn Lewis redete, arbeitete seine ganz persönliche und superempfindliche Radaranlage nämlich auf Hochtouren. Kam jemand, der nicht Lottie Cook hieß, in Hörweite, klappte sein Mund augenblicklich zu. Und tatsächlich: Soeben bog Betsy Pelican um die Hecke vor dem Postamt und schloss zu ihnen auf.

Lewis sprach kein Wort mehr, als sie zu dritt weitergingen; dafür erzählte Betsy von ihrer Familie und ihrem Sommerurlaub. Dann schüttelte sie die langen blonden Haare, die sie zu einem Pferdeschwanz zurückgebunden trug, und berichtete, dass sie am Wochenende im Supermarkt an der Hauptstraße die neue Lehrerin getroffen hatte. „Ihr Name klingt irgendwie französisch. Und sie hat tonnenweise Hundefutter gekauft“, sagte Betsy verschwörerisch, und man sah ihr an, wie glücklich sie war, die Quelle solch wichtiger Informationen zu sein.

„Ist sie nett?“, fragte Lottie. „Ist sie gescheit?“

Lewis nickte drängelnd, auch er konnte es kaum erwarten, die Antwort zu hören.

„Sie ist ... anders“, sagte Betsy. „Schwer zu beschreiben.“

Und damit stiegen sie die Stufen zum Eingang der Schule empor.

Die neue Lehrerin erwartete sie in Zimmer elf. Sie war nicht mehr jung, aber auch nicht richtig alt oder besonders groß oder klein. Sie war hübsch, doch man konnte nicht so recht sagen, warum. Ihre Haare hatte sie zu einem weichen Knoten aufgesteckt. Sie trug eine zierliche Brille, und um ihre grünen Augen herum waren eine Menge Fältchen – so sah jemand aus, der viel lächelte.

Als ihre neuen Schüler das Klassenzimmer betraten, lächelte sie allerdings überhaupt nicht. Sie beobachtete sie ernst. Die Sechstklässler kamen lärmend herein, dann bemerkten sie die Lehrerin und setzten sich schnell.

Erst jetzt, nachdem alle Schüler da waren, lächelte die Lehrerin. Kurz. Dann drehte sie sich um und schrieb ihren Namen an die Tafel. *Miss d'Avignon.* Sie griff nach der Anwesenheitsliste, rief jeden von ihnen einzeln auf und schien sie nacheinander blitzartig einzuschätzen. Als sie Lewis' Namen nannte, hob er nur die Augenbrauen und sah sie an. „Lewis Weaver?", fragte sie noch einmal. Lewis nickte. Die ganze Klasse kicherte. Miss d'Avignon holte tief Luft, musterte jeden ihrer Schüler von Kopf bis Fuß und notierte etwas auf ein Blatt Papier.

„Willkommen in der sechsten Klasse", verkündete sie schließlich. „Nach meinen Unterlagen seid ihr alle elf oder zwölf Jahre alt. Ich habe keinen Zweifel daran, dass ihr so ziemlich alles wisst, was es zu wissen gibt." Alle lachten nervös. Miss d'Avignon verzog keine Miene.

„Aber um ganz sicherzugehen", fuhr sie fort, „möchte ich, dass jeder von euch einen Aufsatz schreibt mit der Überschrift ‚Alles, was ich weiß'."

Fast alle stöhnten auf.

„Ich gebe euch einen Monat Zeit für diese Arbeit, aber dafür erwarte ich auch, dass ihr euch anstrengt."

Lottie kaute am Ende ihres neuen Füllers herum und dachte darüber nach, diese Sache gleich während der Mittagspause hinter sich zu bringen. Was für eine lächerlich ungenaue Aufgabe! So ziemlich alles, was sie schreiben würde, musste gut genug sein. Sie würde eine kleine Liste ihrer Lieblingsgesprächsthemen machen, ein paar Bücher erwähnen, die sie gelesen hatte, die ganze Sache mit einer Zusammenfassung ihrer häuslichen Aufgaben krönen, und fertig. Alles, was sie wusste! Sie gähnte. Lewis lag völlig daneben mit seinen Sorgen. Die sechste Klasse würde kein bisschen anders werden als die vorigen.

Miss d'Avignon rief Janice Forester auf, die sich gemeldet hatte und ihren Arm wie einen Fahnenmast in die Höhe reckte. „Wenn Sie uns nicht sagen, wie viele Seiten Sie haben möchten, dann werden einige hier sicher nicht mehr als einen Absatz schreiben, Miss d'Avignon."

„Wie lang der Aufsatz wird, das kommt ganz darauf an, Janice. Wie viel wisst ihr?", sagte Miss d'Avignon herausfordernd. Sie ließ ihren Blick über die Gesichter schweifen, doch ganz plötzlich sah sie nur noch Lottie an. „Beginnt ganz am Anfang. Beginnt mit euren frühesten Erinnerungen." Miss d'Avignon lächelte immer noch nicht richtig. Aber Lottie – Lottie lächelte. Und wie!

Ihre frühesten Erinnerungen? Plötzlich geschah etwas. Tief in ihr war ein Licht angeknipst worden. Lottie war in diesem Moment beinahe froh, in der Schule zu sein. Sie war aufgeregt und konnte es kaum erwarten, sich an die Arbeit zu machen. Sie strahlte Lewis an. Der blinzelte zurück. Sein Kopf war ein wenig nach vorn gesunken und sein Mund sehr entspannt. Er war eingeschlafen.

Den Rest des Tages führte Miss d'Avignon Einzelgespräche mit ihren Schülern. Einer nach dem anderen wurde aufgerufen. Sie begann am Ende des Alphabets mit Alan Wolf, dann war Lewis Weaver an der Reihe. Da Lewis immer noch tief schlummerte, schnipste Lottie ihm ein Papierkügelchen ans Kinn und hustete laut. Lewis straffte sich, hob den Kopf und marschierte mit bemerkenswerter Gelassenheit nach vorn, zum Schreibtisch der Lehrerin. Mehrere seiner Mitschüler glucksten vor lauter Vorfreude auf Miss d'Avignons *Unterhaltung* mit Lewis.

„Was ist denn so lustig?", fragte sie die Klasse, und alle rutschten verlegen herum und versuchten, möglichst unschuldig auszusehen. Die Lehrerin fasste wieder Lewis ins Auge, der ihren Blick ruhig erwiderte. „Lewis Weaver. Man hat mich schon vor dir gewarnt", sagte sie leise und doch energisch. „Ich habe empfohlen, deine Sprachtherapie freitags zu streichen. Ich denke, hier bei uns ist deine Zeit besser genutzt. Ist das ein Problem für dich?"

Lewis schüttelte nur den Kopf, doch seine Augen waren rund und groß vor Staunen.

„Ob du nun beschließt, in der sechsten Klasse zu sprechen oder nicht, ist mir offen gestanden egal. Deine Klassenkameraden werden bestimmt mehr als genug Lärm machen. Und mit Nicken und Kopfschütteln kann man auch ganz schön weit kommen im Leben, wie du ja sicher bereits festgestellt hast. Was nun die Schule betrifft, so habe ich vor, mich auf deine Stärken zu konzentrieren. Ich wette, dazu gehören Musik, Mathematik und Naturwissenschaften – richtig?" Lewis blinzelte und nickte. Und dann lächelte er doch tatsächlich, er, der noch nie einen Lehrer angelächelt hatte. Miss d'Avignon lächelte zurück.

„Charlotte Cook", rief Miss d'Avignon schließlich. Wieder kicherten alle, dieses Mal über Lotties richtigen Namen. Die Lehrerin fuhr herum. „Was ist denn immer noch so lustig?", fragte sie mit eisiger Stimme.

„Man nennt mich Lottie", erklärte Lottie.

„Meine Mutter heißt auch Charlotte", sagte Miss d'Avignon ruhig. „Deshalb würde ich dich lieber so nennen."

Lottie nickte überrumpelt.

„Deine Noten waren bisher immer entweder mittelmäßig oder überragend", stellte Miss d'Avignon fest, während sie in ihren Unterlagen blätterte. „Erklär mir das."

Lottie antwortete, ohne nachzudenken. „Schule ist meistens ziemlich langweilig", sagte sie – laut genug, dass es der Rest der Klasse hören und die Luft anhalten konnte.

Miss d'Avignon funkelte kurz zu ihnen hinüber und wandte sich dann wieder Lottie zu. „Jetzt nicht mehr", erwiderte sie. „Ich glaube, dein Aufsatz wird der interessanteste von allen. Aber ich glaube nicht, dass du ihn während der Mittagspause fertig bekommst."

Lottie staunte mit offenem Mund. Wie konnte die Lehrerin wissen, was sie vorhin gedacht hatte? Miss d'Avignon fuhr fort: „Die sechste Klasse wird genau so interessant werden, wie du sie machst, Charlotte Cook. Ich bin davon überzeugt, es wird ein spannendes Jahr." Plötzlich lächelte sie ganz überraschend. Lottie lächelte zurück. Und dann lachten sie zusammen los. In der Klasse wurde erstauntes Gemurmel laut. Nur Lewis sah wieder ganz entspannt aus. Natürlich.

Als Lottie zu ihrem Pult zurückkehrte, hatte sie das Gefühl, wie auf Wolken dahinzuschweben. Sie war froh, dass sie zur Schule ging. Unglaublich. Sie war froh, in der sechsten Klasse zu sein, und sie hielt Miss d'Avignon für den intelligentesten Menschen, dem sie je begegnet war. In der sechsten Klasse würde sie eindeutig überragend gute Leistungen zeigen. Sie kam sich vor, als würde sie glühen.

Als Lottie vor dem Abendessen verkündete: „Heute habe ich die Schule richtig geliebt!", erstickte ihr Vater fast an dem Maiskolben, an dem er gerade knabberte.

Noch während Lottie erzählte, wie dieser Tag verlaufen war, hatten sie beide das Gefühl, das Essen in ein Fest verwandeln zu müssen. Gemeinsam plünderten sie den Keller und schleppten Eingemachtes und Sirup nach oben. Sie bereiteten Pfannkuchen, füllten sie mit Schlagsahne und durchtränkten sie mit klebrig süßem Kompott. Mr Cook brutzelte Speck und presste Orangen aus. Lottie kochte – nach ihrem eigenen Geheimrezept – pinkfarbenes

Apfelmus und streute über alles großzügig Kapuzinerkresse, während sie ihrem Vater immer noch mehr von ihrer neuen Lehrerin erzählte und davon, wie sich die Welt von einem Moment auf den anderen verändert hatte. Er strahlte, sein Gesicht glühte, er konnte gar nicht genug bekommen von dem, was sie sagte.

Später, als Mr Cook Lottie zudeckte, bat er sie, ihm noch eine Geschichte zu erzählen – so wie früher, als sie noch klein gewesen war. Er hatte den fröhlichen Klang ihrer Stimme sehr vermisst, die ihm half, sich an die vielen wichtigen Kleinigkeiten der Vergangenheit zu erinnern.

Lottie kniff die Augen zusammen, lächelte und holte tief Luft. Sie dachte an den Aufsatz, den sie schreiben würde, und sagte: „Ich werde mit einer meiner frühesten Erinnerungen anfangen."

Und dann ... Nichts. Lotties Kopf war wie leer gefegt.

Mr Cook, der verträumt zu den im Dunkeln leuchtenden Sternbildern an Lotties Zimmerdecke hinaufsah, hatte noch gar nicht bemerkt, dass etwas nicht stimmte. „Na los, Lottie, fang an."

Ein Moment verging und noch einer, und dann schluchzte Lottie los. Lottie, die fast nie weinte, schluchzte so laut, dass ihr Vater vor Schreck von dem Hochbett hinunterfiel und sich bei dem Versuch, auf den Füßen zu landen, beinahe den Knöchel brach. Lotties Schluchzen ließ das selbst gezimmerte Bett bedrohlich wackeln. Verzweifelt vergrub sie das Gesicht in den Kissen.

„Ich ka-kann nicht!", weinte sie. „Ich hab alles vergessen!"

Mr Cook hatte das Gefühl, gleich selbst weinen zu müssen – allerdings wegen seines Knöchels. Er hinkte unter dem Hochbett herum und gab sich heldenhaft Mühe, nicht laut zu wimmern. „Lottie, du brauchst nicht zu weinen!“, sagte er währenddessen tröstend. „Du wirst dich wieder erinnern! Ganz bestimmt!“

„Alles, was ich noch weiß, ist, wie die Hauptstadt von England heißt und in welchem Jahr Kolumbus Amerika entdeckte! Alles, was ich noch weiß, ist, dass zwölf mal zwölf hundertvierundvierzig ist!“

Unter dem Hochbett, genau dort, wo Lottie ihn nicht sehen konnte, erlaubte sich Mr Cook ein gewaltiges, erleichtertes Lächeln. „Nur die Ruhe, nur die Ruhe!“, murmelte er, als er aus dem Zimmer humpelte und sich auf eine Suche begab, die ihn kreuz und quer durch das ganze Haus führte.

Es war ein Haus, in dem sich jede Suche ziemlich schwierig gestaltete, und so hallte Lotties Schluchzen beinahe eine halbe Stunde lang von den altersbuckligen Wänden wider. Früher einmal, vor mehr als hundert Jahren, hatte das Haus lediglich aus zwei quadratischen Zimmern bestanden. Seitdem war immer wieder aufs Geratewohl an- und ausgebaut worden. Lottie schließlich war in einem Haus mit mehr als einem Dutzend krummer, verbogener Zimmer aufgewachsen – je nachdem, wie man zählte. Einmal zum Beispiel, als Lottie gerade zwei Jahre alt war und das Herbstlaub in besonders herrlichen Farben leuchtete, hatten sie und ihr Vater auf der Rückseite des Hauses im Eiltempo ein winzig kleines Extrazimmer angebaut, um die tausend oder mehr Blätter unterzubringen, die sie gesammelt hatten.

An diesem Abend, während Lottie weinte und weinte, durchsuchte Mr Cook all jene seltsamen Räume und Zimmer, die sie gemeinsam gebaut hatten: die Blätter-Kammer mit ihrem Boden aus weichem Laub und Mulch, den Erd-Raum, ganz hinten, mit seinem Boden aus Erde und den wasserdichten Wänden, das Kreisel-Zimmer und das Mini-Zimmer und das Riesen-Zimmer, die allesamt beinahe magisch waren.

Endlich fand Mr Cook, was er suchte. Im Riesen-Zimmer, unter einem enorm großen Fußschemel, stieß er auf drei Gummistiefel, die Autoschlüssel, die er schon so lange vermisste, eine armdicke Taschenlampe und – das Geschichtenkästchen. Sein poliertes Kirschbaumholz schimmerte und glänzte so prächtig wie am allerersten Tag.

Er trug das Kästchen in Lotties Zimmer, krabbelte ziemlich ungeschickt die wackelige Leiter des Hochbetts hinauf (sein Knöchel war mittlerweile sehr angeschwollen) und schob das glänzende Kästchen zu dem bebenden Schlafanzug-Bündel hin, das Lottie war.

„Hier. Das dürfte helfen."

Lottie sah hoch. Der Anblick des Kästchens ließ sie nach Luft schnappen. Eine Sekunde verging. Dann noch eine. Sie schaute in die hoffnungsfrohen Augen ihres Vaters. Nie hatte sie sich schrecklicher gefühlt. Nicht nur, dass sie jede einzelne ihrer Geschichten vergessen hatte – Geschichten, die wie ein kostbarer Schatz für alle Zeiten bewahrt werden sollten –, jetzt musste sie ihm auch noch das Herz brechen. Sie öffnete das Kästchen und zeigte es ihm. Es war leer.

Mr Cooks Miene blieb unverändert. Er wartete. Lottie stupste das leere Kästchen vorsichtig zu ihm zurück und schniefte. „Ich hab es nie verwendet. Ich habe nie auch nur ein Fitzelchen da hineingetan. Es ist zu spät. Du hast die ganze Zeit Recht gehabt. Ich kann mich an nichts mehr erinnern, an gar nichts mehr! Und jetzt werd ich in der sechsten Klasse durchfallen, weil ich nichts habe, worüber ich schreiben kann! Ich gehe nie mehr in die Schule!"

Mr Cook lächelte sie noch immer an. Für Lotties Geschmack sah er ein bisschen zu selbstzufrieden aus. Verstand er denn nicht, was sie ihm sagen wollte? „Versuch es einfach", meinte er nur. Und damit hangelte er sich mühsam die Leiter hinab und wankte, nachdem er ihr noch ein letztes Mal über die Schulter hinweg zugelächelt hatte, aus dem Zimmer.

Lottie krümmte sich auf dem Bett zusammen. Sie fühlte sich völlig leer geweint. Das Zimmer war dunkel, doch aus dem leeren Kästchen kam eindeutig ein warmes kirschrotes Glühen. Lottie schloss die Augen; sie war so unglücklich, sie wollte nur noch schlafen. Doch sie konnte nicht. Immer wieder starrte sie auf das Kästchen, es war wie ein Zwang. Schließlich drückte sie entschlossen den Deckel auf die Öffnung, um das Glühen einzusperren. Doch es sickerte einfach durch die Fugen ins Freie heraus.

Lottie wusste nicht, wie viele Minuten oder gar Stunden vergangen waren. Ganz allein in einem dunklen Raum, voller Sehnsucht danach, endlich einschlafen zu können, fällt es ziemlich schwer, sich ein Gefühl für die Zeit zu bewahren. Doch sie war sicher, dass es mitten in der Nacht war, als sie plötzlich etwas hörte ... Ein leises Rascheln, das eindeutig aus dem Innern des Kästchens kam!

Lottie setzte sich auf, mit einem Mal schlug ihr Herz wie rasend. Verzweifelt versuchte sie, sich zu beruhigen. Du musst da drin eine Motte eingesperrt haben, sagte sie sich. Eine riesengroße Motte, verbesserte sie sich, als das Rascheln immer lauter wurde. Mach den Deckel auf. Scheuch sie raus. Sei nicht dumm. Sie streckte die Hand aus und berührte den Deckel.

Später würde Lottie sagen, es habe sich angefühlt, als berühre man an einem kalten Wintermorgen einen Türgriff und spüre ein eisiges Funkengeknister in der Hand. Sie hob den Deckel an und –

Irgendetwas Großes trudelte geradewegs in ihr Gesicht – ein Farbenwirbel! Lottie wollte schreien, doch sie brachte keinen Ton heraus. Sie zuckte zurück, und das Etwas verfehlte sie um Haaresbreite, drehte ab, flatterte nach links in Richtung Fenster. Es krachte mit voller Wucht gegen die Scheibe, prallte ab und trudelte durchs Zimmer hin zur Kommode, auf der ihm schließlich eine sehr eigenwillige Landung glückte. Erst jetzt, als das Wesen sich verdutzt im Spiegel über der Kommode betrachtete, war Lottie im Stande, es genauer anzusehen.

Es erinnerte sie an einen Vogel, an eine Krähe mit tiefschwarzen Augen und langem, glänzendem Schnabel. Die Flügel weit ausgebreitet, stolzierte es auf der Kommode herum und pickte nach verschiedenen Gegenständen. Ja, es war wirklich ein Vogel. Aber seine Farbe war ein echtes Rätsel. Besser gesagt, seine Farben. Denn das Geschöpf leuchtete und schimmerte, nicht wie ein Regenbogen, nein, eher wie Malkreiden, die man aus ihrer Schachtel herausgeschüttelt und nun vor sich liegen hat – ziemlich viele zerbrochen, dic meisten ohne schützende Papierhülle.

Der Vogel bemerkte etwas im Spiegel und blickte über die Schulter zu Lotties Pinnwand hin. Er krächzte, schwang sich empor, verfehlte mit knapper Not die Deckenlampe und sauste durch den Raum. Dieses Mal landete er auf dem oberen Rahmen der Pinnwand, hackte auf die zahllosen Zeichnungen ein, die sich hier – beginnend mit den Kritzeleien der zweijährigen Lottie – im Laufe der Jahre Schicht für Schicht angesammelt hatten, und sah recht zufrieden aus. Dann drehte er sich zu Lottie herum.

„Da bist du", sagte er klar und deutlich. Er sprach wesentlich besser, als er flog, und Lottie brauchte weitere acht Sekunden, um diese neue Überraschung zu verdauen.

„Ha-hallo, Vogel", stammelte sie, und dann stieß sie eine Art Pfeifen aus. Ungefähr so, wie Menschen es tun, wenn sie einen Papagei auf sich aufmerksam machen wollen. Insgesamt war es ein ziemlich jämmerlicher Versuch, höflich zu sein.

Der Vogel lachte und trillerte zurück. Lottie starrte ihn an. Eher halbherzig pfiff sie noch einmal. Der Vogel flatterte weiter, ließ sich auf dem Deckel des Kästchens nieder und sah sie ernst an. „*Krächz!* Da hab ich jahrelang auf dich gewartet, Lottie Cook, und dir fällt nichts Besseres ein, als mir was vorzupfeifen?"

Lottie war sprachlos.

„Oh, Dahingegangenheit!", krächzte er. „Keine Zeit jetzt!" Der Vogel nahm Lotties kleinen Finger in seine kitzelnde Klaue und zog sie näher an das Kästchen heran. Es kam Lottie nicht in den Sinn, sich zu wehren. Sie schwebte neben dem Vogel her wie in einem Traum. Vielleicht, dachte sie, träume ich wirklich. Aber das tat sie nicht.

„Pass auf deinen Kopf auf", zwitscherte er, sichtlich erfreut darüber, dass Lottie keinen Widerstand leistete. Und dann verwandelte sich ihr gemeinsames Schweben in einen Sturzflug in die Tiefe. Hinein in das Kästchen.

Lottie hatte das wunderschöne Gefühl, in Zeitlupe in einen Traum zu fallen. Das Schweben dauerte an und an, und sie wunderte sich, weshalb sie nicht einfach mit einem Ruck erwachte – wie sonst immer. Je länger diese Reise dauerte, desto deutlicher spürte sie, dass sie nicht einfach nur nach unten führte. Die Klauen des Vogels hielten Lotties Finger energisch umfasst, und seine Flügel zuckten in hunderterlei Richtungen gleichzeitig. Fliegen war offenkundig nicht seine Spezialität, doch das spielte keine Rolle. Ganz gleich, wie der Vogel auch flatterte und wedelte, die einzige Richtung, die sie konsequent beibehielten, war diejenige *hindurch*. – Durch dunkle, warme Wirbel aus Kirschbaumholz, dann durch wechselnde Wolken und Himmel. Schließlich durch Blätter und Blüten und Zweige, bis sie am Fuß eines jungen Baumes landeten.

Lottie lag in duftendem Klee und blickte nach oben. Sie wusste genau, wo sie war. Ein tiefer Atemzug, und sie konnte die Kirschblüten ihres Lieblingsbaumes riechen.

Des Baumes, den ihr Vater damals vor ihrem ersten Schultag gefällt hatte. Dennoch, hier stand er. Und als ein Windhauch die Äste bewegte, konnte sie das Lied ihrer Mutter hören. Und sie hatte geglaubt, es vergessen zu haben! Jetzt erinnerte sie sich wieder an alles, denn hier *war* es. Dieser Baum war aus einem Kirschkern heraus entstanden, den ihre Mutter aus dem Küchenfenster gespuckt hatte – lange bevor Lottie geboren worden war.

Das ist der beste Traum, den ich je hatte, dachte Lottie. Sie starrte in ihren Baum empor und lächelte. Sie wusste, diese Geschichte würde sie nie mehr vergessen, so lange sie lebte. Sie wagte nicht, sich zu bewegen, denn sie hatte Angst davor, aufzuwachen.

„*Ka-rächzzz!*", unterbrach der Vogel von einem der niedrigeren Äste her ihre Gedanken. „Wie spät ist es? Man kann nicht vorsichtig genug sein!" Er schielte zur Sonne hin, die im Westen über der Scheune und dem Maisfeld hing. „Ich würde meinen, fünf Uhr. Im Sommer ist das schwer zu sagen. Jedenfalls bestimmt Nachmittag. Oder sogar schon später! Kannst du mir die genaue Uhrzeit sagen, Lottie Cook?"

Lottie setzte sich auf und blickte dem sonderbaren Geschöpf in die Augen. Sie hatte das Gefühl, als bewege sie sich in Zeitlupe. „Warum bist du in meinem Traum?" Sie flüsterte, denn sie wollte noch immer nicht aufwachen.

Die Nackenfedern des Vogels sträubten sich. „Ich bin kein Traum. Ich bin Umber. Dachte, das wüsstest du."

Lottie starrte den seltsamen Burschen argwöhnisch an. „Du heißt *Umber*?"

„Na ja, genau genommen nicht nur. Mein richtiger Name ist länger, nämlich: Schwarzgrau Umber Blaugrün Siena Immergrün Türkis Rosenrot Gelb Schwarz Weiß Silber Mitternacht ...“ Umber hörte nicht auf zu plappern. Und Lottie spürte, wie ihre frühesten Erinnerungen gleich einer Flutwelle zu ihr zurückkehrten, je länger sie dem Vogel zuhörte.

Dann ging die Sonne hinter den Bergen im Westen unter, und Umber schauderte. „Wie spät ist es, wie spät? Was glaubst du? Wir brauchen unbedingt ein Versteck, bevor es dunkel wird!“

Lichtland

Lottie hastete hinter Umber her, der kreuz und quer durch die Maisfelder hüpfte und dabei unablässig krächzte. „Wir werden es noch rechtzeitig schaffen. Nur keine Angst! Nur immer weiter!“ Lottie blickte sich immer wieder aufmerksam um. Sie kannte diese Gegend.

Immer neue Erinnerungen strömten auf sie ein, bis sie sich wie eine Badewanne vorkam, die bis zum Rand mit Wasser gefüllt war. Jetzt hatte sie alle ihre Geschichten wieder, dessen war sie ganz sicher. Ihr wurde so schwindelig vor Glück, dass sie nicht anders konnte, als den vorauseilenden Umber daran teilhaben zu lassen.

„Ich erinnere mich ...“, rief sie und blickte einer vorbeisummenden Biene hinterher. „Lewis und ich waren fünf, da haben wir die größte Biene der Welt gesehen ... Umber?“

„Kraah!“

„Sie surrte und brummte von einer Kleeblüte zur nächsten, und Lewis hat gesagt: ‚Bienen stechen mich nicht. Nie. Pass auf!‘ Und dann hat er die Biene mit seinem nackten Fuß geärgert! Na ja, was soll ich dir sagen? Alles in allem war nach dieser Aktion klar, dass Lewis doch von Bienen gestochen wird“, japste Lottie. „Und dass er auch noch allergisch gegen Bienenstiche ist. Sein Fuß ist angeschwollen, bis er so groß war wie eine Warzenmelone!“

Lottie lachte und schwelgte in ihren Erinnerungen und gab gleich noch eine Geschichte zum Besten und noch eine und noch eine. Sie erinnerte sich wieder an alle. Wohin sie auch blickte, von überall her flogen ihr Geschichten zu. Orte, an denen sie gewesen war. Dinge, dic sie getan hatte. Sie erinnerte sich an elf Jahre voller Geschichten. Und wie sie dahineilte und Umber folgte, kam es ihr beinahe so vor, als würde alles noch einmal geschehen. Ihre Geschichten und Erinnerungen erwachten zu dunstigen, schimmernden Bildern. Und als Lottie weiter- und weiterrannte, verblassten diese Traumbilder zwar wieder, doch die Erinnerungen selbst verblassten nicht. Sie blieben klar und deutlich in ihrem Kopf – und Lottie wusste, dass sie sie niemals wieder verlieren würde.

Alles ringsumher sah mehr oder weniger genauso aus wie die Gegend, in der sie tatsächlich mit ihrem Vater lebte. Und doch war es hier anders. Als sie diese Feststellung dem Vogel zurief, antwortete er mit einem verwirrenden „Richtig! Präzise! Nichts ist jemals zweimal genau gleich, stimmt's?“.

Zwischen den endlosen Reihen der Maispflanzen glaubte Lottie, sich selbst sehen zu können. Viel jünger wirbelte sie in entgegengesetzter Richtung an ihr vorbei. Sie trug etwas in der Hand. Alles sah so echt aus, beinahe körperlich. Lottie wollte näher heran, um es genau zu sehen.

„Nicht so schnell, Umber!“, brüllte sie, doch der Vogel schien sie nicht zu hören. Als sie wieder hinsah, war das

Bild verschwunden – doch die Erinnerung zurückgekehrt. Das war der Tag, an dem sie ihren ersten Fisch gefangen hatte! Lottie spürte wieder, wie begeistert sie damals über die kleine, gesprenkelte Forelle gewesen war.

Allmählich brach die Abenddämmerung herein. Die Traumbilder waren nur noch schwer zu erkennen. Lottie unterdrückte ein Gähnen, sie wurde müde. Immerhin war es in der wirklichen Welt mitten in der Nacht. Gerade als sie erschöpft eine Pause einlegen wollte, wisperte der Vogel: „Pssst! Leise jetzt!" Er ließ sich wie ein Stein fallen und verschwand.

„He!", rief Lottie, doch sie erhielt nicht das leiseste Krächzen zur Antwort. Sie blieb stehen und spähte umher. Inzwischen war es fast dunkel. Lottie blinzelte und drehte sich langsam um sich selbst. Sie hatte nicht die geringste Ahnung, wo sie war. Da, plötzlich, erzitterte der Boden unter ihr und brach ein. Jetzt war Lottie diejenige, die wie ein Stein in die Tiefe stürzte.

Sie öffnete die Augen erst wieder, als sie mit einem angenehmen Plumps auf etwas sehr Flauschigem, Weichem landete. Es war ein mit rotem Samt bezogener Sessel voller riesiger Polster, und er war herrlich bequem – bis auf diese kleine Beule direkt unter ihr ...

„Kräh!" Umber wand sich ins Freie, und nun sank Lottie sogar noch tiefer in die samtweichen Polster ein. Staunend sah sie sich um.

Sie befand sich in einem behaglichen kleinen Raum. Prall gefüllte Bücherregale standen an Wänden aus blankem Mauerwerk. In einer aus blauen Steinen gemauerten

Feuerstelle knisterten Flammen so ruhig, dass sie wie gemalt aussahen. In den Sims des Rauchabzuges waren fremdartige Worte eingemeißelt. Um das Feuer herum standen zehn oder zwölf dieser gewaltig großen, samtenen Sessel. Jeder hatte eine andere Farbe, und jeder war mindestens so weich und kuschelig wie der von Lottie und somit bestens geeignet, um darin zu schlafen ... Und tatsächlich schlief in den meisten dieser Sessel jemand. In einem schnarchte leise ein alter Mann mit einem langen weißen Bart. In einem anderen lag ein ganzer Wurf Kätzchen schlafend um die dicke Katzenmutter herum. In einem smaragdgrünen Sessel allerdings saß eine Frau, die eindeutig wach war. Sie hatte leuchtend blonde Haare und las in einem alten, ledergebundenen Buch. An den Wänden, zwischen den Bücherregalen, gab es mehrere gewölbte Durchgänge, die in lange, von Lampen erhellte Tunnel führten.

„Es ist jetzt viel zu spät", verkündete der Vogel flüsternd. „Schade drum! Aber du wirst zurückkommen, oh ja." Glücklich kuschelte er sich in eine Ecke von Lotties Sessel. „In Sicherheit, die ganze Nacht. Einen Tag können wir schon noch warten, jetzt, da wir wissen, dass du gekommen bist. Das nächste Mal musst du nur früher dran sein. Sonnenaufgang! Es wird klappen, da bin ich mir ganz sicher." Damit steckte er den Kopf unter einen Flügel, und Lottie hörte ihn nur noch wie nach einer großen Anstrengung seufzen.

„Warte!", protestierte sie. „Was ist das hier für ein Ort? Wer sind diese Leute? Ich erinnere mich an keinen einzigen von denen, warum sind die hier?" Sie zeigte auf die Schläfer.

Der Vogel gluckste. „Du bist in Lichtland! Das ist nicht nur für dich da! Tatsächlich trifft das Gegenteil zu – du bist für Lichtland da!"

„Ich bin für Lichtland da? Was –"

„Präzise! Ich habe lange gewartet. Dann hab ich den Baum gesehen. Natürlich! Schlaf jetzt ... Schlaf bis nächstes Mal." Der Vogel gluckte und gurrte leise und steckte seinen Kopf wieder unter den Flügel.

Dieses Mal vergaß Lottie zu flüstern. „Ich kann jetzt nicht einfach schlafen! Ich will wissen, wer diese Leute sind." Umber bedeutete ihr hektisch, leise zu sein, doch die blonde Frau sah bereits aufmerksam zu ihnen her.

„Es ist Nachtzeit, schon bemerkt?", zischte Umber aufgebracht. „Wir haben zu lange gebraucht. Einen Tag mehr können wir warten. Du musst diese Geschichte doch kennen, Lottie Cook!"

Sie schüttelte verwirrt den Kopf, und der Vogel flüsterte viel sagend „Der Nachtkönig!" in ihr Ohr.

Lotties Gesichtsausdruck zeigte deutlich, dass sie immer noch kein Wort verstand. Umber blickte sich nervös um und ruckte mit dem Kopf zu der Frau hin, die sie inzwischen mit großem Interesse beobachtete.

„Die Finsternis gehört zu ihm, in ihrem Schutz streift er umher und hält nach Schläfern Ausschau ..."

„Was redest du denn da?", spottete Lottie. „Soll das so eine Art Ungeheuer sein? Nachtkönig? Davon hab ich noch nie gehört."

Der Vogel starrte sie entsetzt an. „Aber er ist da! Er schleicht dort draußen rum und –“

„Das ist doch Unsinn. Wie der schwarze Mann? So ein ... so ein Ding gibt's nicht. Oder?“ Gegen ihren Willen stotterte Lottie plötzlich. „Die Nacht ist ... einfach nur die Nacht. Nichts ist anders bei Nacht.“

Der Vogel stieß ein trauriges Lachen aus, und die blonde Frau seufzte.

„Hast du sie also nach all dieser Zeit doch noch hierher gebracht?“, mischte sie sich plötzlich ein, und der Vogel nickte.

„*Kraaah!* Und Jahre sind lang!“

„Dann magst du ja vielleicht doch Recht haben, Umber. Gut gemacht.“

„Sie hat mich gerufen! Endlich, zu guter Letzt, das Zeichen“, schwatzte der Vogel eifrig weiter.

„Umber hat den Glauben niemals verloren, mein Kind, er hat an dich geglaubt. Wir anderen haben gehofft und gewartet, doch Umber gewiss am meisten von allen.“

Ein rosiger Hauch überzog das Gefieder des Vogels. „Beinah hätt ich aufgegeben! Beinah! Hab's aber nicht!“

„Aber die Geschichte, die lange Geschichte“, fuhr die Frau fort. „Die kennst du nicht?“

Lottie schüttelte den Kopf.

„Lass sie mit Robert reden“, verlangte die Frau mit fester Stimme. „Er soll ihr das mit Lichtland erklären.“

„Ohhh, Robert belästigen ... das ist nicht nett! Sollen wir wirklich?“

Die Frau schlug das Buch zu und bedachte Umber mit

einem strengen Blick. Der Vogel hüpfte murrend zu einem schokoladebraunen Sessel hinüber. Ein Paar Beine baumelten über die Armlehne herab, und aus den Polstern kam ein tiefes, rumpelndes Schnarchen. Der Vogel landete auf einem der Schuhe und säuselte zaghaft: „Robert? Tut mir Leid, dich zu stören. Wach auf, hörst du?“ Er wandte sich wieder an die Frau. „Es ist sinnlos, siehst du?“ Und in Lotties Richtung fügte er hinzu: „Seither ... seit damals ist für ihn alles nur noch Schlaf. Das Beste für ihn.“

„Robert! Aufwachen!“, befahl die blonde Frau energisch, und plötzlich begannen die Füße zu zucken. „Robert! Ich rede mit dir! Jetzt!“ Die Beine wurden hochgezogen, und beinahe im gleichen Moment erschien ein unordentlicher Wust blonder Haare über der Armlehne, gefolgt von einem blassen, verschlafenen Gesicht. Roberts Augenlider hoben sich flatternd. Er gähnte ausgiebig und lautstark und rieb sich die Augen. Lange Arme und Beine entwirrten sich auf wundersame Weise. Lottie starrte ihn an. Er war beinahe so groß wie ihr Vater, aber viel, viel jünger. Ein Junge. Vielleicht sechzehn oder siebzehn Jahre alt.

„Ahhh!“ Er streckte sich und blinzelte wie unter Schmerzen zu ihnen her. „Wasnlos? Mutter?“

„Robert“, sagte die blonde Frau langsam und deutlich, „dies hier ist Lottie Cook. Sie kennt deine Geschichte nicht. Erzähl sie ihr, Robert.“

Der Junge lächelte unsicher, kratzte sich am Kopf, zupfte an seinen Ohrläppchen, reckte sich einmal mehr und zuckte mit den Schultern. „Wassdn? Geschichte?“

Der Vogel schien tief betroffen. „Hat nichts zu sagen!“,

stieß er hervor, hüpfte zum Sessel der Frau hinüber und pickte ganz sacht an ihre Hand.

„Deine Geschichte, Robert“, betonte die Frau und sah den Jungen unverwandt an, als könne sie seinem Erinnerungsvermögen so auf die Sprünge helfen, doch lag nun ein schmerzlicher Ausdruck auf ihrem Gesicht. „Du weißt schon ... Wer du bist und woher du kommst ... All diese Dinge“, hauchte sie beinahe flehend.

Robert grinste einfältig. „Wer ich bin? Richtig, tut mir Leid.“ Er drehte sich zu Lottie um. „Ich bin Robert.“

Sie erwiderte sein Lächeln höflich, obwohl sie sich fragte, was das alles zu bedeuten hatte. Die Frau blieb hartnäckig. „Weiter, Robert! Woran erinnerst du dich noch?“

„Hmmm. Alsooo ... Ich bin Robert, und du bist meine Mutter.“ Er sah sehr zufrieden mit sich aus.

Die Frau lächelte unsagbar traurig. „Das ist richtig, mein Lieber. Ich weiß, du bist müde, aber vielleicht ist da ja doch noch etwas?“

Robert strahlte glücklich und gähnte. „Nichts, mhhm, nichts Wichtiges.“ Er schloss die Augen und sank in den schokoladebraunen Sessel zurück, bis nur noch seine Schuhe zu sehen waren. Kurz darauf setzte auch schon das rumpelnde Schnarchen wieder ein.

Der Vogel krächzte und schimpfte: „Pfui! Armer Robert. Aufgeweckt für so was! Erinnert ihr euch an den alten Robert? Eine Geschichte gefällig? Man konnte ihn nicht für fünf Minuten zum Schweigen bringen, immerzu musste er reden und erzählen und Pläne schmieden, jawohl, so war er früher!“

„Ja, ich erinnere mich auch, aber wir sind die Letzten, die das tun", erwiderte die Frau sanft und richtete ihren traurigen Blick auf Lottie. „Es sind viele Jahre vergangen, seit Robert zur Nachtzeit draußen geblieben ist, weil er nicht auf unsere Warnungen hören wollte. Als die Sonne aufging, begrüßte er uns droben und prahlte damit, die Sterne gesehen zu haben. Er behauptete, er habe in den Bäumen geschlafen und sei mit Tautropfen im Haar aufgewacht. Und Eulen wollte er gehört haben und Nachtigallen. Und was da alles zu sehen gewesen sei: Mondblumen und Insekten, die wie Blitze herumsausten. Fliegen, die im Dunkeln leuchten!"

„Glühwürmchen!" Der Vogel schüttelte den Kopf. „Fledermäuse!" Umber und die Frau lachten wehmütig.

„Und", fuhr sie mit einem raschen Blick zu ihrem Sohn hinüber fort, „er war so wütend, als wir ihm nicht glaubten. Er hat geschworen, alles zu beweisen. Glühwürmchen wollte er uns bringen, dann würden wir ja sehen. Doch als der nächste Tag dämmerte, hat er uns nicht mehr begrüßt. Wir fanden ihn in einer Baumkrone, schlafend – und sein Gedächtnis war gelöscht."

„Was ist passiert?", fragte Lottie und starrte auf Roberts baumelnde Füße.

„Der Nachtkönig hat ihn gefunden. Dies ist sein Werk." Die Frau seufzte und sah hilflos auf ihre Hände hinab.

„Der Nachtkönig schläft nicht!", brauste Umber auf. „Nie! Zur Nachtzeit streift er umher. Schnappt sich die Dummen, solche wie Robert."

„Er fängt sie? Aber ..." Lotte schüttelte den Kopf. Sie verstand das nicht. Wie konnte Robert gefangen worden sein, wenn er doch hier war?

„Er fängt sie, oh ja, er holt sich mit seinem Schleier ihre Erinnerungen, ihre Geschichten, jeden bedeutsamen Gedanken“, antwortete die Frau, und Umber nickte eifrig. „Danach können sie sich an nichts Wichtiges mehr erinnern. Und danach wiederum ist es nur noch eine Frage der Zeit, bis man sich auch an sie nicht mehr erinnert, verstehst du? Zu vergessen heißt, vergessen zu werden. Und wem dies in Lichtland widerfährt, der verschwindet. Hier unten, in Nachträumen wie diesem, versuchen wir, die Erinnerung an den alten Robert zu bewahren, doch Tag für Tag entgleitet sie uns ein wenig mehr, bis er, irgendwann –“

„*Kreisch!*“ Der Vogel schüttelte zornig das gefiederte Haupt.

„Sie muss es wissen, Umber“, beharrte die Frau. „Eines Tages wird es passieren. Wir werden Robert an das Vergessen verlieren. Ein Dasein, das schlimmer ist als der Tod. Vergessenheit.“

Lottie beugte sich unbehaglich vor.

„Mein Robert hatte großes Glück. Hier beschützen wir ihn; in diesem Nachtraum ist er immer bei uns. Und vielleicht, eines nahen Tages schon, mag es wieder Hoffnung für ihn geben. Für ihn und alle anderen, die so geworden sind wie er ...“

„Lottie Cook!“

„Umber ist fest davon überzeugt, dass du uns helfen kannst, meine Liebe.“

„Ich? Aber wie? Und warum ich?"

„Wegen des Kirschbaums!" Umber nickte heftig und wechselte einen viel sagenden Blick mit der Frau.

Lottie legte die Stirn in Falten. Was konnte sie schon tun, um Robert beizustehen?

Erneut blickte sie sich in dem kleinen Raum um. „Ihr lebt alle hier – unter der Erde? Die ganze Zeit?"

„Nein, Lottie, bei Tageslicht sind wir oben sicher. Sobald die Sonne am Himmel steht, ist der Nachtkönig besänftigt, heißt es. Anscheinend fällt er in Trance. Normalerweise. Wenn wir also nur tagsüber oben leben, machen wir es ihm zumindest nicht mehr so leicht. Früher hat er Nacht für Nacht dutzende von Opfern gefunden."

„Und wo sind diese Leute jetzt, die anderen, die er geschnappt hat?", wollte Lottie wissen. Zitternd rutschte sie tiefer in die samtige Sicherheit ihres roten Sessels hinein, zog die Beine an die Brust und umschlang sie mit beiden Armen.

„Fort. Vergessen. Vergessenheit", sprudelte Umber heraus.

„Ihre Stimmen leben als geisterhafte Echos in der Festung des Nachtkönigs, sie sind Teil seiner Sammlung. Ich könnte mir aber vorstellen, dass einige dieser Unglücklichen genauso behütet und geschützt werden, wie wir das mit Robert tun."

Lottie schüttelte den Kopf. „Aber warum sollte denn irgendjemand auf die Idee kommen, die Erinnerungen anderer Leute –"

„Gerüchte", unterbrach die Frau sie, „sagen, der Nachtkönig besitze keine eigenen Erinnerungen. Und genau das mag das Wesen seiner bösen Macht sein – Leere. Er ist wie ein unbewohntes Gebäude, wie ein schwarzes Loch im Weltall. Und so streift er Nacht für Nacht umher, auf der Suche nach Seelen, die er sich einverleiben kann."

„Und woher kommt er?", fragte Lottie.

Die Frau seufzte. „Dieses Wissen hat er sich schon vor langer Zeit geholt. Jahre um Jahre unserer Geschichte hat er uns gestohlen und kontrolliert so auch unsere Erinnerungen. Nichts, überhaupt nichts ist mehr bekannt von der Zeit vor ihm. Wir leben in seinem alles erstickenden Würgegriff! Und wir werden schwächer und schwächer. Noch können wir Robert mit unseren Erinnerungen vor dem Schlimmsten bewahren, doch während wir dies tun, sind auch wir schon nicht mehr im Vollbesitz unserer Kraft. So kann es nicht mehr lange weitergehen. Lichtland schwebt in großer Gefahr."

Lottie rutschte unruhig hin und her.

„Du glaubst mir nicht, stimmt's?"

„Ich – na ja ... Also, es ist alles so ... Ich weiß nicht ..." Sie runzelte die Stirn. „Und das hier war schon immer Lichtland? Selbst damals, als ihr euch noch nicht vor der Dunkelheit gefürchtet habt?"

Die Frau nickte. „Die Erinnerung lässt diese Welt entstehen, so sicher, wie das Licht des Tages sie erhellt. Und das Vergessen wird sie zerstören, so sicher, wie das Dunkel der Nacht alles Helle überwältigt." Sie deutete auf die Worte, die in den blauen Kaminsims eingemeißelt waren. „*Nunc lux, munc nox*. Nun ist es Licht, und plötzlich Nacht."

Lottie verstand kein Wort. Sie unterdrückte ein Gähnen.

„Sie ist müde, *kraaah,* lass sie schlafen. Sie wird zurückkehren! Jetzt kennt sie den Weg!"

„Ja, Lottie Cook", sagte die Frau mit zuversichtlicher Stimme. „In dieser Nacht wird nichts mehr passieren. Schlaf ein und träume, und du wirst nach Hause finden."

„Aber komm zurück! Hier gibt es viel zu tun, Lottie Cook!", krächzte Umber eindringlich.

Lottie war schrecklich müde – aber auch ganz ungewohnt besorgt. Nicht, dass sie all diese Geschichten um den Nachtkönig wirklich glaubte, aber trotzdem ... „Ist das nicht gefährlich? Zu schlafen?"

„Also glaubst du uns?" Die Frau schmunzelte.

Lottie spürte ihre Wangen rot und heiß werden.

„Aber ja: Hier unten bist du in Sicherheit, hier kannst du sorglos einschlafen. Wir haben diese unterirdischen Kammern und Tunnel unter größter Geheimhaltung gegraben, damals, als der Nachtkönig seine unselige Herrschaft antrat. Inzwischen gibt es sie überall im Land. Alle verstecken sich an diesen Orten. Alle, bis auf seine Geschöpfe."

„Die Ratten! Und Mäuse – die meisten jedenfalls", zischte Umber voller Verachtung.

„Anfangs lebten wir auch tagsüber hier unten, denn wir wussten noch nicht, dass auch seiner dunklen Macht Grenzen gesetzt sind ..." Die sanfte Stimme der Frau fuhr fort, die Geschichte des Nachtkönigs zu erzählen. Doch der weiche, samtene Sessel, die Wärme und das friedvolle Flackern des Feuers waren zu stark. Sosehr sich Lottie auch bemühte, wach zu bleiben, es gelang ihr nicht. Ihre Lider waren viel zu schwer, als dass sie sie noch länger offen halten konnte, und ihre Arme ... Nicht einmal den kleinen Finger konnte sie mehr rühren. Nur den Kirschkern in ihrer Hand spürte sie deutlich. Sie sank in einen warmen, tiefen Schlaf, und immer noch flatterten Stimmen um sie her.

„*Krächz.* Sie hat die Geschichte wirklich nicht gekannt. Dachte, einer von ihnen hätte sie ihr erzählt."

„Und sie hat immer noch kaum die Hälfte davon gehört."

„Der Kirschbaum, das war das Zeichen! Als ich den gesehen hab, da wusste ich Bescheid."

Der Duft weißer Kirschblüten, das Schwanken zarter Äste ... Im Traum sah Lottie alle wieder entdeckten Erinnerungen im Ringelreihen um ihren Baum herumtanzen.

Lottie Cook war eingeschlafen.

Lewis' Aufsatz

Am Morgen gelang es Mr Cook kaum, Lottie aufzuwecken. Er hatte selbst ein wenig verschlafen, und sein Knöchel schmerzte noch immer. Deshalb kletterte er die Leiter zum Hochbett nur so weit hinauf wie unbedingt nötig. Lottie hob nicht einmal den Kopf, als ihr Vater murmelte:

„In fünf Minuten gibt's Frühstück." Er war schon wieder auf dem Weg hinunter, als er unter Lotties Kopfkissen das Geschichtenkästchen hervorlugen sah, das sie mit beiden Händen festhielt. Eldon Cook verharrte zwei, drei, vier Sekunden lang, strahlte seine Tochter an und grübelte dann eine weitere Minute darüber nach, ob sie es wohl wagen würde, ihm irgendwelche Fragen zu stellen. Wahrscheinlich nicht, dachte er, hangelte sich nach unten und schlurfte davon, um den Toast zu machen.

Er gab ihr eine volle halbe Stunde, bis er es wieder versuchte. „Lottie? Lottie, es ist schon ziemlich spät." Lottie nuschelte irgendetwas in ihr Kissen, und Mr Cook lächelte erneut. Er beschloss, sie schlafen zu lassen. Nicht, dass ihm tatsächlich eine andere Wahl geblieben wäre.

Währenddessen saß Lewis in der Küche, ließ sich den Toast schmecken und wunderte sich, wo die Cooks steckten. Normalerweise war er derjenige, der zu spät kam.

„Lewis? Bist du das?", rief Mr Cook, und Lewis lächelte kopfschüttelnd in sich hinein und dachte: Wer sonst? Natürlich gab er keine Antwort.

„Ich komme gleich", rief Mr Cook aus einem anderen Teil des Hauses, „einen Moment, Lewis ..."

Lewis aß den letzten Toast und hinterließ überall verräterische Krümel. Normalerweise herrschte hier stets blitzblanke Sauberkeit – obwohl man nie jemanden Staub saugen oder abspülen sah. Diese Angelegenheiten schienen einfach immer bereits irgendwie erledigt worden zu sein. Lottie und Lewis mutmaßten, dass Mr Cook sich nachts darum kümmerte. Vorsichtshalber hatten sie schon vor langer Zeit beschlossen, ihn nicht danach zu fragen – aus Angst, das äußerst angenehme System könne dadurch möglicherweise Schaden nehmen. Was, wenn er plötzlich von ihnen erwartete, dass *sie* Staub wischten?

Mr Cook hinkte kaum merklich, als er in die kleine, gelb gestrichene Küche kam. Lewis bemerkte es trotzdem und hob fragend die Augenbrauen.

„Hab mir letzte Nacht den Knöchel angeknackst. Nichts Ernstes. Lottie schläft noch."

Lewis legte den Kopf schräg, und Mr Cook antwortete mit einem Kopfschütteln und einem Lächeln. „Nein, nein, sie ist nicht krank, da bin ich mir ganz sicher. Nur müde. Es war ein toller Abend, gestern. Wir haben ein Fest gefeiert! Du hast die Nachricht des Jahres ja bestimmt schon gehört: Lottie geht jetzt gern zur Schule! Also, diese neue Lehrerin ... Würde mich nicht wundern, wenn Lottie sich auch dazu durchringt, normale Kleider zu tragen. So, nun versuch ich noch einmal, sie aus den Federn zu bekommen." Mr Cook wankte davon, und Lewis folgte ihm und zog eine Krümelspur bis in Lotties Zimmer hinter sich her.

Sie hatte sich überhaupt nicht bewegt. Ihr Vater rief liebevoll ihren Namen und stupste sie sanft. Als Lottie einfach weiterschlief, kletterte er die Leiter wieder hinab. „Ich glaube, ich werde sie schlafen lassen. Dadurch versäumt sie zwar ein paar Schulstunden, aber schließlich braucht sie ihren Schlaf. Ich werde eine Entschuldigung schreiben, jawohl, genau das mache ich."

Lewis starrte ihn nur an, dann kletterte er selbst die Leiter zum Hochbett hinauf. Es gefiel ihm überhaupt nicht, ohne Lottie zur Schule gehen zu müssen. Sie musste schon richtig krank sein, bevor er allein losmarschierte. Ein kleiner Anfall von Schlafkrankheit war für Lewis keine Entschuldigung. Dementsprechend ruppig schüttelte er Lotties Schulter und zupfte an ihren Haaren, doch sie schien es nicht einmal zu bemerken. Dann entdeckte er das auf Hochglanz polierte Kästchen aus Kirschbaumholz unter ihrem Kissen. Er drehte sich halb herum und vergewisserte sich, dass Mr Cook das Zimmer verlassen hatte. Hatte er.

„Lottie!", zischte Lewis daraufhin geradewegs in ihr Ohr. „Das reicht jetzt!" Er zerrte das Kästchen zu sich heran ... und Lottie saß plötzlich kerzengerade und japsend im Bett, beide Augen weit geöffnet. Was Lewis dermaßen erschreckte, dass er beinahe, wie am Abend zuvor Mr Cook, die Leiter hinabpurzelte.

„Heiliger Bimbam, Lottie! Fast hätte ich einen Herzinfarkt gekriegt! Beeil dich, wir kommen zu spät zur Schule. Du kannst unterwegs etwas essen, viel ist sowieso nicht mehr da."

Aber Lottie beachtete Lewis gar nicht. Sie sah irgendwie seltsam aus. Langsam neigte sie das Kästchen von einer Seite auf die andere und lauschte einem leisen Kullern, das aus seinem Inneren kam.

„Lottie!", fauchte Lewis aufgebracht. „Was *ist* das?"

„Das", antwortete sie mit unnatürlicher Ruhe, „ist ein Kirschkern, wenn ich mich nicht irre."

Auf dem Weg zur Schule fragte Lewis etwa einundsiebzig Mal „Was ist los, Lottie?", wie ein Jagdhund, der eine verdächtige Spur aufgenommen hat. Sie gähnte noch immer. „Warum bist du so müde, wenn du eine Stunde länger als sonst geschlafen hast?"

Weit und breit war keine Menschenseele zu sehen – sie waren wirklich sehr spät dran, und so redete Lewis auf sie ein, bis sie die großen Eichenholz-Doppeltüren der Schule erreichten. Lottie hatte kaum etwas gesagt. „Also", versuchte Lewis es ein letztes Mal, als er bereits am Türgriff zog. „Was hat es mit diesem Kästchen auf sich?"

Lottie lächelte und zwinkerte ihm nur zu, als er endlich still war. Natürlich wollte sie keine Geheimnisse vor ihm haben. Sie war nur einfach noch nicht so weit, über all das reden zu können, was sie in der letzten Nacht erlebt hatte. Noch nicht. Aber als sie den stillen Korridor zu ihrem Klassenzimmer entlanggingen, raunte sie ihm zu: „Heute ist Freitag, Lewis. Mal sehen, vielleicht schaffen wir's, dass du heute bei mir übernachten kannst." Dann tätschelte sie ihm vergnügt den Kopf – als sei er ein junger Hund – und betrat das Klassenzimmer.

Miss d'Avignon las gerade aus einem alten, ledergebundenen Buch vor. Die ganze Klasse war wie verwandelt; niemand kicherte oder machte dumme Zeichen, wie das sonst üblich war, wenn jemand zu spät kam. Genau genommen schien kaum jemand auch nur wahrzunehmen, dass Lottie und Lewis sich zu ihrem Pult stahlen. Es war unglaublich: Die Sechstklässler waren ganz und gar gefesselt von dem, was Miss d'Avignon vortrug.

Plötzlich begriff Lottie, dass die Lehrerin nicht aus irgendeinem Buch vorlas, sondern aus ihrem ganz persönlichen Tagebuch. Sie hatte es geführt, als sie in ihrem Alter gewesen war, und es ging um das Thema *Alles, was ich weiß*. Lottie dachte an den Aufsatz, den sie schreiben würde. Letzte Nacht hatte sich alles verändert. Sie wusste jetzt viel mehr als zuvor.

Als Lottie endlich an ihrem Platz saß und aufblickte, schloss Miss d'Avignon das Tagebuch. Lottie spähte enttäuscht zu Lewis hinüber. Er war noch wach, und das war gut so, denn Miss d'Avignon hatte sich ihm zugewandt. Sie lächelte ihn an. Lewis lächelte zurück. Dann nickte sie und sagte: „Lewis, freut mich, dass du da bist. Erzähl mir, wie du deinen Aufsatz vorbereitest."

Eine Sekunde lang erwartete jeder fast, dass Lewis nun einfach sprechen würde, doch dann fiel es ihnen wieder ein: Natürlich, dies hier war *Lewis*. Ihn selbst schien die Aufforderung überhaupt nicht aus der Fassung zu bringen. Er ließ ein weiteres Lächeln aufblitzen und ging gelassen an die Tafel. Lottie hielt den Atem an. Lewis nahm die Kreide und begann.

Nun konnte Lewis ziemlich gut schreiben. Wenn er an einer Prüfung teilnehmen oder einen Aufsatz schreiben musste, gab es nicht die geringsten Schwierigkeiten. Allerdings schrieb er niemals, um sich persönlich mitzuteilen. Deshalb war Miss d'Avignons Aufgabe recht unangenehm für ihn. Sie war nämlich beides – eine schulische Herausforderung und gleichzeitig ein Wunsch nach persönlicher Stellungnahme.

Als er an diesem Tag aufstand und zur Tafel ging, hatte Lewis eigentlich nur vor, einen kleinen Entwurf niederzuschreiben, eine Liste sachlicher Informationen ohne jeden persönlichen Bezug. Doch merkwürdigerweise tat er etwas völlig anderes, als er schließlich an der Tafel stand.

Er zeichnete eine Art kleine Explosion in die rechte obere Ecke der Tafel. Die Pfeile und Pünktchen und Schnörkel, die davon ausstrahlten, waren den meisten in der Klasse nur allzu bekannt. Mit Zeichen dieser Art füllte er Tag für Tag sein Notizbuch. Lewis arbeitete sehr konzentriert, ein- oder zweimal runzelte er angestrengt die Stirn. Die ganze Klasse schaute gebannt zu. Nur gelegentlich flog ein verstohlener Blick zu Miss d'Avignon hin – wie würde sie das hier aufnehmen? Es war eine sehr eigenwillige Art, einen Aufsatz zu beschreiben.

Miss d'Avignon lächelte nicht. Sie schaute aber auch nicht missbilligend. Sie beobachtete einfach nur. Als Lewis schließlich in der linken unteren Ecke innehielt und die Kreide mit einem leisen Klappern in das flache Schälchen zurücklegte, nickte sie ihm zu, und er kehrte an seinen Platz zurück. In seinen Augen flackerte wilde Bestürzung. Er sah Lottie an und zuckte nervös die Schultern.

„Nun", sagte ihre Lehrerin und wandte sich an die ganze Klasse. „Was machen wir damit?" Alle saßen stocksteif da und mieden ihren Blick. „Alice, stell dir vor, du wärst eine Archäologin, viele hundert Jahre in der Zukunft, und nun stolperst du über das hier ... Was würdest du denken?"

Alice Atwell war ein unauffälliges, mageres Mädchen. Sie sprach zweifellos mehr als Lewis, aber nicht sehr viel mehr. Jetzt zwirbelte sie eine Strähne ihrer langen schwarzen Haare zwischen Daumen und Zeigefinger und betrachtete die Tafel, als gelte es, ein mathematisches Problem zu lösen. Alice war sehr gut darin, mathematische Probleme zu lösen.

Brian Good tuschelte laut zu Alan Wolf hinüber: „Ich würde denken, dass ich da ein antikes Irrenhaus ausgegraben hätte." Alan prustete los.

„Danke für deine Stellungnahme, Brian", sagte Miss d'Avignon, ohne den Kopf zu drehen und hinzusehen. „Wir werden demnächst mehr von dir hören. – Alice?"

„Da gibt es eine Entwicklung", meinte Alice schlicht.

Sie stand auf, ging an die Tafel und zeigte auf die obere Ecke. „Auch wenn ich ihm nicht zugesehen hätte, würde ich wissen, dass das hier der Anfang ist. Dieser große

Knall oder was auch immer. Und dann nimmt die Geschichte ihren Lauf. Sie ist kompliziert – sehen Sie die Funken hier, die in einer Schleife nach hinten zielen? Trotzdem gibt es eine beständige Kraft, die alles in Gang hält. Etwas wie die Erdanziehungskraft ... Oder vielleicht Zeit? Alles wird mitgerissen, dadurch entsteht diese Spur hier, dieser Weg. Da ist eine Festung, ein Turm. Jemand hält sich darin auf, sehen Sie? Da. Und das hier sieht wie ein Nachthimmel aus, mit Sternen. Ich glaube ... Ich glaube, es ist wirklich eine Geschichte, und sie lautet etwa so: ‚Es war einmal, in einem Land des Lichts, da herrschte plötzlich Dunkelheit, und etwas bis dahin Undenkbares, Unglaubliches geschah. Der Turm hat das Geheimnis bewahrt. Und dann wurde er zerstört. Und danach ist alles anders geworden. So, wie es vorherbestimmt war ...'" Alice' Stimme wurde leiser und leiser und verstummte dann ganz.

Lottie starrte sie an. *In einem Land des Lichts.* Hatte sie das wirklich gesagt? Alice sah Lewis einen Moment lang direkt in die Augen und lächelte, aber plötzlich schien sie sich wieder daran zu erinnern, wer sie war. Sie errötete, huschte an ihren Platz und begann, geschäftig in ihrem Pult herumzukramen.

Der Klasse hatte es die Sprache verschlagen. Für einen winzigen Sekundenbruchteil schien alles, was Alice gesagt hatte, völlig richtig zu sein. Andererseits ... um Himmels willen! Das war nur Lewis' Gekritzel. Wie konnten diese seltsamen Zeichen irgendetwas bedeuten? Und was war bloß in Alice Atwell gefahren?

„Sehr schön!“, meinte Miss d’Avignon und machte einen sehr zufriedenen Eindruck. Sie breitete auffordernd die Arme aus. „Wer noch? Richtig, Brian Good. Du wolltest auch noch etwas sagen?“

Brians Gesicht verfärbte sich grünlich, als sich die ganze Klasse zu ihm umdrehte. Er räusperte sich ein paarmal und starrte Miss d’Avignon nervös an. „Ähm, also, ich hab das am Anfang nicht so gesehen, ich, ähhh –“

Er stand so ruckartig auf, als habe jemand an einem Draht gezupft, der irgendwo an seinem Kopf befestigt war. Er stapfte nach vorn und besah sich Lewis’ Meisterwerk aus der Nähe. „Ich, äh, ich würde sagen, äh, nein, denken, also ... Da hat irgendwer ziemlich lange dran gearbeitet, und dann, Sie wissen schon, war’s am Ende bloß so eine Art, äh, nichts. Nur eine Menge verschrobenes Gekritzel.“

Wieder saßen alle überwältigt da. Brians Auslegung war auch richtig, oder? Brian setzte sich wieder. Sie starrten Miss d’Avignon an, die strahlte. „Nun, Lewis, das sind zwei sehr unterschiedliche Interpretationen. Wie ist das möglich?“ Lewis enthielt sich einer Antwort – wie gewöhnlich. Der Rest der Klasse wand sich und hoffte, nicht aufgerufen zu werden. Lewis drehte sich kurz um und bedachte Alice mit einem recht komischen Blick.

„Nun, es ist einfach möglich. Ganz gleich, wie genau wir uns ausdrücken, es bleibt immer Raum für Deutungen. Das ist eine Tatsache. Wenn wir also etwas darlegen, so wie in diesem Fall Lewis“ – er hob die Augenbrauen, als sein Name erwähnt wurde –, „dann müssen wir für uns entscheiden, wie viel Raum für unterschiedliche Deutungen wir dem Betrachter zugestehen. Lewis Weaver, dein Aufsatz hier bietet eine Menge Raum.

Wenn ihr also eure Aufsätze schreibt, dann denkt immer daran: Es gibt viele, viele Möglichkeiten, ein und dieselbe Geschichte zu erzählen. Und es gibt viele, viele Möglichkeiten, ein und dieselbe Geschichte zu verstehen."

Lewis runzelte die Stirn. Miss d'Avignon lachte. Und dann sprangen alle auf, weil ein lauter Summton die Stunde beendete und die Klasse zum Sportunterricht rief.

Sportlehrer Haggler wartete.

Der Sportlehrer hatte Lottie von Anfang an auf seine ganz persönliche schwarze Liste gesetzt. Er machte selten viele Worte, doch jedes Mal, wenn Lottie in ihrem flaumigen Schlafanzug in die Sporthalle kam, schürzte er verächtlich die Lippen.

„Schlafanzug-Mädchen!", bellte er an diesem Tag. „Wieder keine Turnschuhe?" Nun, Lottie trug nie Turnschuhe. Sie trug Hausschuhe. Hübsche Hausschuhe, immerhin, mit Gummisohlen. Lottie hatte angenommen, dass dieses Thema zwischen Mr Haggler und ihr längst in einer Art Waffenstillstand beigelegt war: Er gab ihr jedes Jahr eine miserable Note, und sie nahm es schulterzuckend zur Kenntnis.

„Ojeee, ich glaube, ich hab sie vergessen", flötete sie scherzhaft. Alle kicherten.

„Komm mit raus!", kommandierte er und deutete mit einem Kinnrucken zur Tür. Im Korridor draußen warf er sich in die Brust. Die Klasse drängelte sich höchst interessiert an den Fenstern, die in die Schwingtüren der Sporthalle eingelassen waren.

Lottie unterdrückte ein Gähnen.

„Dafür bleibst du heute nach der Schule da, Schlafanzug-Mädchen“, grollte er. „Du wirst für mich den Hallenboden neu wachsen.“

„Oh. Donnerwetter, ich glaube aber nicht, dass ich das kann“, erwiderte Lottie. Und als der Sportlehrer bereits puterrot anlief, setzte sie, ohne mit der Wimper zu zucken, noch hinzu: „Weil's nämlich ganz danach aussieht, als hätten Sie das ganze Bodenwachs längst für ihre Frisur verbraucht.“ Zu spät kam Lottie zu der Einsicht, dass es wirklich besser gewesen wäre, ihre Zunge im Zaum zu halten. Immerhin hatte sie bereits seit Jahren mit Haggler zu tun.

Und der sah inzwischen sehr danach aus, als würde er gleich explodieren. Er hob die Hand, und eine Sekunde lang glaubte Lottie, er würde ihr eine Ohrfeige geben. Lewis drückte die Schwingtür auf und sprang herbei, um Lottie zu verteidigen. Haggler wirbelte herum und brüllte ihn an. „Zurück in die Sporthalle, Weaver!“

„Was geht hier vor?“

Miss d'Avignon war plötzlich im Korridor aufgetaucht.

„Sie – sie – nichts.“ Der Sportlehrer straffte sich und versuchte, ganz ruhig zu klingen. „Ich habe mit diesen Schülern etwas zu besprechen.“

Miss d'Avignons Augenbrauen ruckten in die Höhe. „Wirklich? Hmm. Nun, wie der Zufall es will, brauche ich genau die beiden. Es macht Ihnen doch nichts aus, wenn ich mir Charlotte und Lewis für ein Weilchen ausborge, Mr Haggler?" Ihr Tonfall machte klar, dass sie nicht wirklich eine Antwort erwartete. Sie drehte Lottie an den Schultern herum und schob sie den Korridor entlang. Lewis trottete hinterher.

Der Sportlehrer starrte ihnen ein paar Sekunden lang mit zuckenden Mundwinkeln hinterher. Dann schnaubte er: „Ich denke, das geht in Ordnung!", und stapfte in die Sporthalle zurück. Er bemerkte nicht, dass sich seine Schüler immer noch an den Türfenstern die Nasen platt drückten, und so stieß er sie beim Eintreten einfach alle wie große Kegel aus dem Weg.

„Sind Sie wirklich gekommen, weil Sie uns brauchen?", fragte Lottie ihre Lehrerin, die flott vorausging.

„Aber sicher. Ihr beiden müsst noch ein paar Formulare ausfüllen. Eure Mitschüler haben das schon heute Morgen erledigt." Sie erreichten Zimmer elf und gingen hinein. Die Formulare waren innerhalb von etwa dreieinhalb Minuten ausgefüllt. Was natürlich den Rückschluss zuließ, dass diese Sache leicht in einer Pause oder während des Mittagessens hätte erledigt werden können.

Lottie und Lewis schauten sich an und dachten genau dasselbe: Warum war Miss d'Avignon ihnen zu Hilfe gekommen?

„Nun, Charlotte. Ich nehme an, du berichtest mir, was du getan hast, um Mr Haggler so gegen dich aufzubringen?"

„Ich kann nichts dafür, wenn er mich hasst."

Lottie erzählte ihrer Lehrerin von all den Grobheiten, unter denen sie seit der ersten Klasse im Sportunterricht zu leiden hatte. Sie erzählte, dass der Sportlehrer sie beim Völkerballspielen immer als lebende Zielscheibe losschickte. Dass er sie Schlafanzug-Mädchen nannte. Dass er sie Extrarunden laufen ließ, weil sie in ihren Hausschuhen so langsam war.

Miss d'Avignon hörte ihr zu. Nicht wie die anderen Erwachsenen, die immerzu nickten und nur darauf warteten, selbst etwas sagen zu können. Nein, sie hörte richtig zu. Es interessierte sie wirklich.

„In meinem ganzen Leben war niemand jemals so gemein zu mir wie Mr Haggler", schloss Lottie.

„Nun, Charlotte, trotzdem wäre es unverantwortlich, wenn ich dich nicht darauf hinweisen würde, dass dein Benehmen völlig unpassend war. Ehrlich! *Bodenwachs?*"

Erst viel später fiel Lottie ein, dass sie die Sache mit dem Wachs Miss d'Avignon gegenüber mit keiner Silbe erwähnt hatte. Wie konnte sie dann aber davon wissen?

Nach der Schule gingen sie zu Lewis. Lottie redete noch immer nicht viel. „Wenn es dunkel ist", raunte sie ihm mit einem geheimnisvollen Lächeln zu, „erzähle ich dir alles."

Lewis bewohnte mit seiner Mutter ein kleines braunes Haus. Sie gingen durch die Küchentür hinein. Mrs Weaver schlug gerade Eiweiß steif. Das Rührgerät ratterte so laut, dass sie nicht einmal King Kong hätte anklopfen hören.

„Mrs Weaver! Mrs Weaver!", brüllte Lottie.

Mrs Weaver zuckte wie vom Donner gerührt zusammen

und fuhr herum, das laufende Rührgerät in der Hand. Lewis wurde von Kopf bis Fuß mit Eischnee bespritzt. Seine Mutter fand das überhaupt nicht komisch.

„Was denkt ihr euch nur dabei?!“, fauchte sie. „Und macht die Tür zu. Dieses Haus zu heizen ist nicht billig!“

Sie schlossen folgsam die Tür und vermieden jede weitere Aufregung, indem sie nicht darauf hinwiesen, dass es an diesem sonnigen Septembertag draußen wärmer war als drinnen. Während Lewis sich das Gesicht wusch und etwa eine Million flaumweiche Eischneeklümpchen von seiner Kleidung entfernte, fragte Lottie, ob er bei ihr übernachten könne. Mrs Weavers Miene verfinsterte sich. Lewis trocknete sich das Gesicht mit einem Geschirrtuch ab. „Bevor ihr irgendwohin geht, sucht ihr zuerst Biskuit und bringt sie nach Hause“, murmelte Mrs Weaver und wandte sich wieder ihrem Eischnee zu.

Biskuit war Mrs Weavers Katze. Und sie hasste Lewis. Dieses Gefühl beruhte auf Gegenseitigkeit. Die Katze hatte ihn öfter gekratzt und gebissen, als er zählen konnte. Angeblich war sie eine Hauskatze, doch sie schlüpfte nach draußen, sooft es nur ging, und spielte Verstecken mit ihrem Frauchen. Mit ihrem rauchgrauen Fell konnte sie sich überall verstecken – sogar in den Schatten direkt unter Lotties und Lewis' Nase. Die beiden krochen im Garten hinter dem Haus herum und stießen Lockrufe aus und klapperten Holzstäbchen gegeneinander, doch von Biskuit war weit und breit nichts zu sehen.

Der Garten der Weavers war eine Wildnis aus unkraut- und dornenüberwucherten großen Gesteinstrümmern und

Schutthalden. Lewis ließ sich auf einer verfallenen Steinmauer nieder, zog seinen Schuh aus und schüttelte einen kleinen Kieselstein heraus. Plötzlich zuckte eine rauchgraue Pfote aus den Schatten und kratzte ihn am Bein. „Au! Hab ich dich!“ Lewis warf sich mit Todesverachtung auf Biskuit und hielt sie am Nackenfell fest.

Lottie trug die Katze ins Haus, während Lewis seinen Schuh wieder anzog. Der kleine Stein sah ziemlich ungewöhnlich aus. Er hatte eine Kerbe, die wie gemeißelt wirkte. Lewis steckte den merkwürdigen Stein in seine Hosentasche, dann hörte er Lottie von der Veranda her rufen und rannte los.

Sie war von Kopf bis Fuß mit flaumweichen Eischneeklümpchen bespritzt, doch Lewis hatte die Erlaubnis, bei ihr zu übernachten.

Nach dem Abendessen bemühten sich Lottie und Lewis stundenlang, Mr Cook einzureden, er müsse seinen angeknacksten Knöchel schonen und unbedingt zu Bett gehen. Doch Lotties Vater wollte unbedingt wach bleiben, falls sie doch noch etwas von dem Kästchen erzählen würde. Er war überzeugt, dass etwas geschehen sein musste, weil sie so ein komisches Glitzern in den Augen hatte. Schließlich saßen sie alle um den Holzofen herum und aßen heißes Popcorn. Lottie lächelte fast schüchtern und fragte, ob jemand die Geschichte von ihrem Kirschbaum hören wollte. Mr Cook hätte nicht glücklicher sein können – oh ja, und ob er diese Geschichte hören wollte, meinte er, und er habe immer gewusst, dass ihr wieder alles einfallen werde ... Und dann sank er wie durch einen Zauberbann in den tiefsten aller tiefen Schlummer, und zwar gleich an Ort und Stelle, in seinem Schaukelstuhl.

Lewis spielte nervös mit dem seltsamen Stein in seiner Hosentasche herum. „Also gut, Lottie", brummte er. „Es ist dunkel. Was ist los?"

Lottie ging bedächtig in ihr Zimmer und kam mit dem Geschichtenkästchen zurück. Sie zeigte es Lewis und erzählte ihm alles: von dem Kästchen, Lichtland – dem Land der verlorenen Erinnerung –, Umber, dem Baum, dem Nachtraum, dem bedauernswerten Robert, dem Nachtkönig, dem Vergessen. Dann hob sie den Deckel an und nahm den glatten, blank gescheuerten Kirschkern heraus.

„Was hältst du davon?"

Lewis hatte Lottie stets bedingungslos alles geglaubt. Er beugte sich über das Kästchen und spähte hinein. Etwas war mit ihr passiert, das stand fest. Aber ...

„Es könnte ein Traum gewesen sein", murmelte er.

„Das war kein Traum", widersprach Lottie energisch.

„Dann ist es etwas Ähnliches wie das, was wir heute in der Schule gelernt haben, oder? Viele Möglichkeiten, ein und dieselbe Geschichte zu verstehen ..."

„Oder nicht zu verstehen", ergänzte Lottie ungeduldig. „Ich konnte mich wieder an alles erinnern! Es muss irgendwie magisch sein!"

„Oder es war doch bloß ein verrückter Traum! Ich meine, nach all dem Zeug, das du gestern Abend gemampft hast?" Lottie warf ihm einen finsteren Blick zu, und er redete hastig weiter: „Es könnte natürlich auch sein, dass dein Vater so eine, eine Art, na ja, Hypnotisier-Kästchen gebaut hat, du weißt schon, plötzlich sieht man Dinge und so. Vielleicht ist es eine Art Psycho-Trick."

„Aber der Kirschkern, Lewis. Der ist Wirklichkeit." Sie hielt ihn Lewis direkt vor die Nase. Er zögerte, dann legte er seinen merkwürdigen Stein in das Geschichtenkästchen und nahm den Kirschkern. Beide waren sie gleich groß. Er ließ den Kirschkern von einer Handfläche in die andere kullern und hielt ihn gegen das Licht. Dann zuckte er mit den Schultern, und Lottie nahm den Kern wieder an sich. Lewis griff nach dem Stein.

„Versuchen wir einfach reinzukommen!" Lotties Augen funkelten.

„Jetzt?", fragte Lewis entgeistert.

Natürlich jetzt. Lottie meinte immer jetzt.

„Vielleicht hat dein Vater ja irgendwelche Geheimfächer da reingebaut", überlegte Lewis halblaut. Sie steckten die Köpfe zusammen und starrten in das geheimnisvolle, kirschrote Glühen hinab. Erinnerungen brausten und sprudelten in ihren Köpfen.

Und dann stürzten sie.

Hindurch.

In der Dunkelheit

Ringsumher war alles pechschwarz. Sie konnten das Brausen des Windes spüren und verschwommene Sterne sehen, als sie im Sturzflug hindurchbrachen und Lichtland erreichten. Es war spät in der Nacht, der Mond war nirgendwo zu sehen. Sie landeten und rangen nach Luft, und Eiseskälte füllte ihre Lungen. Unter ihren Füßen waren Steine. Lewis konnte Lotties Augen im Dunkeln schimmern sehen; sie starrte angespannt umher und versuchte, den Ort wieder zu erkennen.

Die Geschichte vom Nachtkönig und dem armen Robert hatte Lottie nicht besonders eingeschüchtert. Sie war fast immer recht mutig gewesen, und Schauergeschichten dieser Art versetzten sie nicht in Panik. Doch Lewis, obwohl er das alles nur aus zweiter Hand kannte, verspürte durchaus eine gewisse Übelkeit. Er hatte sich schon als kleines Kind vor dem schwarzen Mann gefürchtet. Deshalb wagte er sich auch nur in den allerhellsten Nächten ins Freie. Sich nun mitten in einer sehr finsteren Nacht an einem äußerst gruseligen Ort wieder zu finden und zu wissen, dass es dort gefährlich war, sich im Freien aufzuhalten, das war fast zu viel für Lewis. Er packte Lotties Arm und lauschte so angestrengt, dass ihm die Ohren wehtaten.

Lottie befreite sich aus seiner Umklammerung. „Reiß dich zusammen! Alles in Ordnung. Ich frage mich nur, wo wir sind ...“

Plötzlich frischte der Wind auf, und sie hörten ein lautes Knarren und Ächzen! Direkt über ihnen! Lewis konnte kaum mehr atmen, so laut war das Ächzen. Und nun gesellte sich auch noch ein Brummen und Vibrieren dazu, das selbst das Felsgestein unter ihren Füßen erzittern ließ.

„Los! Komm mit!“, schrie Lottie und zerrte den vor Schreck wie versteinerten Lewis hinter sich her in die Finsternis.

Sie konnten die Hand nicht vor Augen sehen, und so stolperten sie mehr, als dass sie rannten, und stießen sich an und landeten schließlich geradewegs in einem Brombeergestrüpp, das ihnen das Gesicht zerkratzte. Sie kämpften sich frei und stürmten weiter – beide Hände tastend vor sich ausgestreckt. Irgendwann bremsten sie gerade noch rechtzeitig, bevor sie mit voller Wucht gegen eine Mauer krachten. Sie kauerten sich dagegen und japsten nach Luft.

Das unheimliche Brummen und Vibrieren war immer noch zu hören. „Wa-was zum Teufel is da-da-das?“, stotterte Lewis.

Lottie wünschte sich sehnlichst Umber herbei. Doch natürlich wusste sie nur zu gut, wo er sich um diese Zeit aufhielt: tief unter der Erde, in der Sicherheit und Behaglichkeit eines Nachtraumes.

Ein Glühwürmchen summte vorbei, und Lottie musste an Robert denken und daran, wie sehr er den Nachthimmel geliebt hatte. Ganz gegen ihren Willen lächelte sie und beruhigte sich allmählich. Sie atmete langsam und tief durch. Das ist nur die Nacht, dachte sie bei sich, da ist nichts, was nicht schon immer da gewesen wäre.

Lewis war ganz anderer Meinung. „Wir haben doch keine Ahnung, wo wir sind, Lottie!", sagte er. „Dieses Gestöhne könnte alles Mögliche sein! Der Nachtkönig! Ein Monster! Alles Mögliche!" Ärgerlich zog er seinen Schuh aus, in den sich abermals ein kleiner Stein verirrt hatte. Er schüttelte ihn in seine Hand und band die Schnürsenkel wieder zu. Dann ließ er den Stein in der Hand herumrollen, er fühlte sich vertraut an.

So hockten sie im Dunkeln beieinander und lauschten den schrecklichen Geräuschen, die, obwohl nun in weiter Ferne, immer noch sehr unheimlich waren.

„Jedenfalls kommt es nicht näher", stellte Lottie fest. Lewis war in Gedanken versunken, doch sie schien es gar nicht zu bemerken. „Es klingt wie eine Maschine, oder?"

Lewis ließ den Stein plötzlich fallen und stand auf. Er horchte, dann tastete er mit ausgestreckten Händen umher. „Lottie", sagte er gedehnt, „ich weiß, wo wir sind! Das ist die alte Steinmauer hinter dem Haus meiner Mutter ..."

Lottie war nicht sonderlich beeindruckt. „Vielleicht hast du Recht, vielleicht aber auch nicht. Ich meine, es gibt Millionen solcher Mauern, überall auf der Welt. Es könnte genauso gut eine andere sein."

„Das da", sagte Lewis und nickte in die Richtung, aus der die Maschinengeräusche kamen, „ist die alte Windmühle."

Lottie lauschte angestrengt. Eine Windmühle?

„Ich erinnere mich ganz genau daran, Lottie", beteuerte Lewis. „Ich weiß, wie das war, als sie noch in Betrieb war."

„Sie war in Betrieb?" Lottie konnte sich nur an verrottende Schutthaufen im Garten hinter dem Schuppen der Weavers erinnern. Dann jedoch, als der Wind sich wieder legte und das dumpfe Vibrieren in ein metallisches Seufzen überging, fiel es auch ihr wieder ein. Es lag viele Jahre zurück. Damals war Mr Weaver noch nicht verschwunden gewesen. Allerdings gehörte diese Erinnerung nicht ihr, sie gehörte Lewis.

Bevor sie irgendetwas sagen konnte, hörte sie ein anderes Geräusch – das laute Brüllen eines Motors. Ein grelles Licht flammte durch die Nacht.

Sie schmiegten sich wieder gegen die Mauer. Lotties Herz hämmerte wie wild. Und dann brauste etwas Großes an ihnen vorbei und weiter durch die Felder. In der plötzlichen Helligkeit konnte jeder von ihnen das Gesicht des anderen sehen – zerkratzt, schmutzig, voller Angst; und sie konnten die langen, metallischen Flügel der Windmühle sehen, die sich jetzt nur noch lustlos im Leerlauf drehten.

Die Scheinwerfer rasten weiter, immer weiter über flaches, grasbewachsenes Land dahin.

„Was war das für ein Ding?", wisperte Lottie. Sie wusste nicht, wie viel Zeit vergangen war, seit die Lichter in der Ferne verschwunden waren. Sie rappelte sich auf und wischte Erdkrumen und Steinchen von ihrer Schlafanzughose. Lewis rührte sich nicht. Lottie zog ihn auf die

Füße. „He, komm schon, Lewis. Es ist weg. Schauen wir uns mal die Windmühle an."

Lewis packte sie beim Arm. „Lottie, was hat das zu bedeuten? Ich verstehe das nicht. Warum ist ausgerechnet die alte Windmühle hier?"

Lottie zögerte. „Schau, wir müssen nur hier rausfinden. Das ist alles. Komm schon. Komm mit."

„Letztes Mal", erklärte Lottie, als sie sich erneut ihren Weg durch das Dunkel ertasteten, „bin ich von hier weggekommen, weil ich mich zusammengerollt und geschlafen habe. Also! Das ist unser Plan: Wenn wir in Schwierigkeiten geraten, versuchen wir einfach einzuschlafen."

Für Lewis' Geschmack steckten sie längst bis zum Hals in Schwierigkeiten.

„Was, wenn wir das nicht können?", gab er zu bedenken. „Ich meine, wie sollen wir einschlafen, wenn uns irgendwas zu Tode erschreckt?"

„Oh, bitte, Lewis. Du kannst schneller wegdämmern, als ich blinzle."

„Und wie sieht es mit dir aus?"

„Das lässt du einfach meine Sorge sein! Jetzt komm schon!"

Aber Lewis fiel noch etwas ein. „Warte", flüsterte er. „Warte! Du hast es mir doch selbst erzählt. Alle, die an diesem Ort in der Nacht draußen schlafen, sind in Gefahr! Du bist in diesem unterirdischen Nachtraum eingeschlafen, wo du sicher warst. Aber hier oben sind wir kein bisschen sicher, oder?!"

Das ließ Lottie innehalten. „Also gut, dann schlafen wir eben nicht ein. Wir können es schaffen, Lewis, jeder hält den anderen wach. Wir bleiben wach, bis die Sonne aufgeht. Und dann ist es sicher, zu schlafen. Oder wir finden Umber. Ich meine, was haben wir schon für eine Wahl?"

Lewis zuckte mit den Schultern. Sie kehrten um und gingen denselben Weg wieder zurück. Das furchtbare Stöhnen der Windmühle begleitete sie in der Finsternis auf Schritt und Tritt und verbannte jeden anderen Gedanken aus ihrem Kopf. Plötzlich erstarb der Wind wieder, die gigantischen Mühlenflügel kamen quietschend zum Stillstand, und in derselben Sekunde glitt der Mond hinter einer Wolkenbank hervor, und sie konnten etwas sehen.

Hohe Mauern umgaben sie, in denen ein großes Portal klaffte, das sie bereits durchschritten hatten. Sie befanden sich in einem Hof, an dessen anderem Ende ein gewaltiger steinerner Festungsturm emporragte – die Windmühle.

Sie sah unheimlich aus, fast wie etwas Lebendiges, ein achtarmiges Monster, das den Mond vom Himmel zu reißen versuchte. Die meisten Windmühlen hatten vier Flügel, aber diese hier kam einem vor wie eine gigantische Spinne. Lottie und Lewis überlief es eiskalt.

Der Boden des Hofes war mit großen Steinen gepflastert. Je nachdem, wie das Mondlicht fiel, glaubte Lottie, Markierungen auf den Steinen erkennen zu können. Sie kniff die Augen zusammen und sah genauer hin.

„Lewis! Guck dir die Steine an! Das sind *deine* Zeichen!"

Die Markierungen auf den Pflastersteinen wiesen tatsächlich eine bemerkenswerte Ähnlichkeit mit den

Schnörkeln in Lewis' kleinem Notizbuch auf, den gleichen, die er an diesem Morgen an die Tafel gezeichnet hatte.

Lottie strahlte vor Erleichterung. Lewis würde das Problem lösen! Doch Lewis lächelte überhaupt nicht. Lottie schubste ihn vorwärts, damit er eine bessere Sicht hatte, dann starrten sie gemeinsam auf die Steine hinab.

„Und?", fragte Lottie schließlich ungeduldig.

Lewis schluckte mühsam. „Es ist, ähm, sozusagen Auslegungssache ..."

Lottie knirschte mit den Zähnen. Und sie hatte immer gedacht, dass wenigstens Lewis selbst wusste, was sein rätselhaftes Gekritzel bedeutete!

„Tut mir Leid, echt. Ich meine, das hier ist nicht so was wie eine fremde Sprache, die man einfach übersetzt. Ich will diese Dinge gar nicht schreiben. Ich tu's einfach. Wenn ich nach Hause komme, weiß ich oft nicht mehr, dass ich irgendwas in das Notizbuch geschrieben habe – und es ist trotzdem voll."

„Aber was Alice heute Morgen sagte ... Ich meine, das hat doch einen Sinn ergeben –"

„Ich weiß." Lewis starrte niedergeschlagen zu Boden. „Es hat auch für mich einen Sinn ergeben. Aber es war mir alles völlig neu."

„Na gut, egal." Lottie deutete auf die Zeichen. „Was wir hier sehen, stimmt jedenfalls genau mit dem überein, was du heute Morgen an die Tafel gezeichnet hast. Da! In diesem Kringel hat Alice die Nacht gesehen und die Sterne. Und das hier nannte sie die Festung. Gut, und jetzt ist es

Nacht, und da oben blinken die Sterne, und wir stehen vor der Festung, oder bist du anderer Meinung? Die Windmühle ist die Festung."

„Vielleicht ist sie es ja wirklich. Ich habe nie darüber nachgedacht, all die Jahre nicht. Zumindest weiß ich nichts mehr davon, ich meine, ob ich drüber nachgedacht habe oder nicht. Das hier ist meine früheste Erinnerung, Lottie." Den letzten Satz sagte er ganz ruhig. „Das hier war das Wind-Labor meines Vaters."

„Was ist ein Wind-Labor?"

Lewis zupfte an seiner Nasenspitze. „So habe ich es genannt. Die Windmühle und all das hier, den ganzen Hof. Das alles gehörte ihm. Ich hatte es völlig vergessen. Ich wollte es vergessen. Du weißt schon, er – er – er war nicht gerade ... na ja, er war nicht so wie dein Vater."

„Oh, Lewis, niemand ist wie mein Vater." Lottie zuckte die Achseln.

„Er war nicht nett. Ich erinnere mich wieder an ihn. Er war wirklich nicht nett. Manchmal hat er sich tagelang hier draußen eingeschlossen, in seinem Wind-Labor. Niemand durfte ihn besuchen kommen. Und als ich drei war, ging er in die Mühle und ist nicht wiedergekommen. Nie mehr. Ich habe nachgesehen, und er war verschwunden. Die Windmühle war leer. Na ja, fast leer bis auf die Tiere. Labortiere. Er hat sie für seine Experimente verwendet. Ich glaube, er war nicht sehr gut zu ihnen. Sie sahen ganz abgemagert aus, und – und sie haben so ängstlich geschaut. Meine Mutter und ich, wir haben sie später freigelassen. Meinen Vater sahen wir nie wieder. Er blieb verschwunden. Ein paar Tage später ist die Windmühle eingestürzt. Meine Mutter hat seitdem kein Wort mehr über ihn gesprochen."

Eine heftige Sturmbö fegte heran, und die Windmühlenflügel setzten sich erneut ächzend in Bewegung. Lottie und Lewis fuhren zusammen. „Du denkst doch nicht, dass er da drin ist, oder?", fragte Lottie laut, um das Geheul der Mühle zu übertönen.

Lewis antwortete nicht gleich. Er wusste nicht, warum, doch er war sich ziemlich sicher, dass sein Vater nicht da drin war. Er schüttelte den Kopf und steckte die Hände in seine Hosentaschen. Vielleicht täusche ich mich ja, dachte er dann und hob unentschlossen die Schultern. Er betrachtete seine Schuhspitzen.

„Sollen wir reingehen?", fragte Lottie.

„Nein", antwortete Lewis bedächtig, „aber wir tun's trotzdem. Komm."

Sie betraten die finstere Windmühle durch eine rostige Metalltür, auf die Lewis trotz der Dunkelheit zielstrebig zugegangen war. Ein unheimlicher, schaler, säuerlicher Gestank wie von faulenden Blättern schlug ihnen entgegen.

In den Korridoren gab es keine Lichter, doch die Wände waren in einer seltsam leuchtenden blassgrünen Farbe gestrichen, einer Farbe wie von schmelzendem Limonen-Fruchteis.

Lottie bemerkte die Tiere als Erste.

Sie stieß Lewis an und zeigte auf die schattigen Risse und Spalte zwischen Wänden und Boden. Dort tauchten immer neue weiße Mäuse auf und verschwanden wieder. Sie trippelten eifrig herum, doch dabei verließen sie nie den Schutz der Wände. Lottie und Lewis gingen weiter.

Als sie um die nächste Biegung des Ganges kamen, schlitterte ein enorm großer Nager direkt vor ihren Füßen über den Boden und brachte sich mit einem wilden Hüpfer in das nächstgelegene Loch in Sicherheit. „Das war die größte Maus, die ich je gesehen habe", keuchte Lottie.

„Das kommt daher, dass die Maus eine Ratte war", erklärte Lewis und deutete auf den langen Schwanz des Tieres.

„Und das hast du alles in deinem Gedächtnis?" Lottie schauderte, als noch mehr Ratten vorbeihuschten.

„Psst!" Lewis gab ihr keine Antwort mehr. Er stand stocksteif und hielt den Kopf lauschend ein wenig schief. Lottie horchte ebenfalls und vernahm etwa eine Minute lang nichts als das unangenehme Kratzen und Scharren von Mäusen und Ratten, die alle scheinbar ziellos umherliefen. Doch dann hörte sie tatsächlich noch etwas anderes.

Lewis kam es wie ein Durcheinander aus Tuscheln und Raunen und Flüstern vor, ein Chor geisterhafter Stimmen. Nur dann und wann fing er einzelne, aus dem Zusammenhang gerissene Wortfetzen auf.

Genauso erging es Lottie ... jedenfalls beinahe. Da war etwas, das ihr irgendwoher bekannt vorkam. Der Klang einer Jungenstimme, prahlerisch, aufgeregt, dann stolz und drängend. Sie hatte diese Stimme schon einmal gehört!

„... Lichter! Selbst in der dunkelsten Stunde! Sterne! Ich schwör's dir, Mutter, und der Mond – wie eine Schale

Vanillepudding! Und Geschöpfe, die leuchten und wie Hummeln im Finstern umherschwirren! Glühwürmchen! Und noch viele, viele andere, wunderbare Geschöpfe. Fledermäuse, die ohne den geringsten Laut durch die Luft sausen, und Eulen. Du musst sie unbedingt sehen, Mutter, ihr alle müsst sie sehen, oder ihr habt nur ein halbes Leben gelebt ...“

Dieses begeisterte Flüstern hob und senkte sich und vermischte sich mit anderen Stimmen. Und Lottie, die immer noch mehr hören wollte, noch mehr von diesem einen Wispern hören wollte, das früher einmal ganz zweifellos Roberts Stimme gewesen war, Lottie hatte das Gefühl, in einer großen Brandung zu ertrinken.

Wozu braucht der Nachtkönig bloß all diese Stimmen? Je länger sie horchte, desto weniger hörte sie.

Lottie wusste nicht, wie lange sie dort gestanden hatte, starr und bis zum Äußersten auf Roberts Erinnerungen konzentriert. Doch plötzlich schreckte sie zusammen: Etwas hoppelte direkt vor ihr im Korridor herum, verfehlte sie in letzter Sekunde und sprang in riesigen Sätzen dorthin zurück, woher es gekommen war. Ein Hase, dachte Lottie. Ein knochendürrer weißer Hase mit roten Augen und flach angelegten Ohren.

„Wo kommen nur alle diese Tiere her?“, rief Lottie aus.

„Das Labor“, sagte Lewis und zeigte nach oben.

Lewis war weit voraus, am Ende des Korridors, und bog nun in einen Durchgang ab, der in einen Treppenschacht mündete. Endlos wanden sich Stufen empor, immer rundherum, bis sie hoch droben in der Dunkelheit verschwanden. Lottie wurde müde, doch sie folgte Lewis die Treppe hinauf. Etwa alle hundert Stufen lief ihr irgendein Nagetier zwischen den Füßen herum, und sie erschrak jedes Mal bis ins Mark, aber immerhin blieb sie auf diese Art und Weise wach.

Nachdem sie eine halbe Ewigkeit unterwegs gewesen waren, erreichten sie einen schmalen Treppenabsatz, in dessen Wand ein Fenster eingelassen war. Mondlicht sickerte herein, und mit ihm eine hauchdünne Andeutung frischer, sauber riechender Luft. Hier gelang es Lottie endlich, Lewis einzuholen. Er starrte aus dem Fenster und atmete tief ein. Eine weiße Ratte hatte sich zu seinen Füßen niedergekauert und knabberte träge an seinen Schnürsenkeln. Über ihren Köpfen türmte sich das Treppenhaus immer noch höher empor, und Lottie fragte sich verzweifelt, ob sie wirklich erst den halben Weg bis nach oben geschafft hatten.

Das Wispern der Stimmen schien nun wieder lauter geworden zu sein. „Das ist die Sammlung des Nachtkönigs, sie muss es sein“, sagte Lottie. „Die Geschichten anderer Leute, Erinnerungen, die er gestohlen hat. Warum bewahrt er sie hier auf?“

Lewis schüttelte den Kopf. „Ich weiß es nicht. Aber diese Stufen, an die erinnere ich mich. Ich konnte sie damals nicht hochsteigen, ich war zu klein. Aber Zerox rannten voraus. Weißt du noch? Unsere beiden Hunde –“

Lewis wollte weiterreden, wollte die Hunde beschreiben, die Lottie so ganz und gar vergessen hatte, doch plötzlich war dies gar nicht mehr nötig. Denn sie waren da.

Zerox! Die Hundezwillinge, die wirklich und wahrhaftig vollkommen gleich aussahen! Sie kamen die Treppe heraufgerannt und sprangen an Lewis hoch und stießen ihn um und schleckten ihn von Kopf bis Fuß ab.

„Wie um alles in der Welt – Wo kommen sie her?“, entfuhr es Lottie.

„Ich habe mich an sie erinnert!“, sagte Lewis aufgeregt. „Ich habe mich an sie erinnert, und sie sind gekommen. Ich habe sie seit dem Tag, an dem ich zum letzten Mal in die Windmühle gegangen bin, nicht mehr gesehen. Sie sind vorausgelaufen, die Stufen hinauf, und ich habe sie aus den Augen verloren, und danach haben wir sie nicht mehr gefunden.“

„Du hast dich an sie erinnert, und plötzlich waren sie hier?“, wiederholte Lottie und tätschelte einen struppigen Zerox-Kopf. Ihr Gesicht nahm einen merkwürdigen Ausdruck an.

Funktionierte es tatsächlich so? Man erinnerte sich an etwas – oder jemanden –, und schon begegnete man ihm? Konnte das wirklich wahr sein? Die beiden Hunde waren keine unwirklichen Schattengestalten wie jene Erinnerungen, die sie bei ihrem ersten Aufenthalt in Lichtland gesehen hatte. Sie waren handfest und wirklich echt.

Lottie hatte ein komisches Gefühl in ihrer Magengrube und ein noch eigenartigeres Prickeln in ihrem Kopf. Was war los mit ihr? Sie streichelte wie benommen den Hund, der ihr am nächsten stand, doch ihre Hände zitterten. Ganz gleich, woran – oder an wen – sie sich erinnerte ... Konnte sie es sich wirklich aussuchen?

Lewis' begeistertes Gesicht brachte sie in die Gegenwart zurück. Die Hunde schlabberten und winselten vor Freude. Lottie bemühte sich, das eigenartige, kribbelnde Gefühl zu vergessen. Sie beschlossen, auf dem Treppenabsatz eine kleine Rast einzulegen. Es war bequemer, als man im ersten Moment annehmen mochte, denn jeder von ihnen hatte einen großen Hund mit einem herrlich weichen Fell, an den er sich kuscheln konnte.

Beide hingen sie ihren eigenen Gedanken nach. Das Wogen der geflüsterten, geraubten Erinnerungen verblasste mehr und mehr. Sie hatten Angst, ihren Gedanken freien Lauf zu lassen. Darüber, was geschehen würde, wenn sie sich an andere Dinge erinnerten, wollten sie lieber nicht nachdenken. Nach einer Weile spürte Lottie, wie ihre Lider schwer wurden.

„Dürfen nicht schlafen", murmelte sie. „Lewis ... Wir müssen wach bleiben ..." Lottie versuchte, sich zusammenzureißen, aber schon im nächsten Moment konnte sie sich nicht einmal mehr daran erinnern, warum sie eigentlich nicht schlafen sollte. Aber Lewis weiß es, dachte sie. „Lewis", murmelte sie und zwang sich, zu ihm hinüberzuspähen. Sie konnte die Augen kaum mehr offen halten. Lewis' Kopf war zur Seite gesunken, sein Gesicht ganz entspannt. Seine Augen standen weit offen.

„Eingeschlafen", brummte Lottie. Sie war zu müde, um noch richtig denken zu können, und schmiegte ihre Wange in Zerox' Fell. „Nach Hause ..."

Als Lottie tief in ihren Traum eintauchte, wirbelten ihr noch zwei letzte Gedanken durch den Sinn: Wenn Lewis bereits schlief, warum konnte sie ihn dann noch hier in Lichtland sehen? Und zweitens ... Oh, es fiel ihr bestimmt gleich wieder ein!

Oh – oh ja, mussten sie nicht bis zum Tagesanbruch wach bleiben, um in Sicherheit zu sein ...?

Doch es war längst zu spät. Lottie und Lewis waren in einen tiefen Schlaf gefallen.

Zurückgelassen

Eldon Cook erwachte wie üblich bereits im Morgengrauen. Die Nacht im Schaukelstuhl hatte ihm ein steifes Genick beschert, doch er war glücklich. Lottie erinnerte sich wieder an ihre Geschichten! Das Kästchen funktionierte. Er strahlte zu seiner Tochter hinüber, die auf dem Wohnzimmersofa noch tief und fest schlief und das Geschichtenkästchen wie ein Kissen an sich drückte. Er vergaß völlig, sich darüber zu wundern, wo Lewis geblieben war.

Der Morgen verging still und friedlich und ohne dass sich Lottie auf ihrem Sofa auch nur einmal rührte. Mr Cook werkelte vor sich hin und brachte das Haus in Ordnung, solange dies ohne Zuschauer möglich war.

Lottie und Lewis hatten gut daran getan, diesbezüglich niemals irgendwelche Fragen zu stellen. Die außergewöhnliche Sauberkeit im Hause Cook war nämlich das Ergebnis reiner, wenn auch äußerst bescheidener Magie.

Es ist eine Tatsache, dass die meisten Leute über ein gewisses Maß an Magie verfügen. Und einige sogar über eine ganze Menge mehr. Es hatte eine Zeit gegeben, da benötigte Eldon Cook wirklich dringend Hilfe im Haushalt. Eines Tages – Lottie war damals noch ein ganz kleines Baby – stand er allein mitten in seinem Haus. Es war das unordentlichste Haus, das man sich nur vorstellen konnte, mit hohen Geschirrtürmen und Wäschebergen und schmutzigen Windeln in jedem Zimmer.

Damals hatte es angefangen mit dem Wünschen. Er wünschte sich so sehr, dass das Haus sauber sein sollte. Er erinnerte sich daran, was es für ein Gefühl gewesen war, als das Haus blitzblank und ordentlich vom Keller bis zum Dachboden war. Und dann wünschte er sich: Genauso soll es wieder sein!

Der menschliche Wille ist etwas Magisches. Mr Cook glaubte ganz fest daran, dass das Wunder geschehen würde. Und es geschah.

Und so eilte er nun wie an jedem Morgen von Zimmer zu Zimmer und wünschte sich das Haus sauber. Im Laufe der Zeit hatte er herausgefunden, dass es am besten funktionierte, wenn er den betreffenden Raum oder die jeweilige Stelle sah und sich dann richtig darauf konzentrierte ... Unter Möbeln sowie in tiefen Wandschränken gab es also weiterhin Bereiche, die von der Magie völlig unberührt waren. Mr Cook ging jedoch davon aus, dass auch dort Sauberkeit durchzusetzen gewesen wäre, vorausgesetzt, er krabbelte emsig genug auf dem Boden umher und sah genau genug hin. Aber es erschien ihm ein wenig übertrieben, so weit zu gehen.

Als alles sauber und ordentlich war, empfand Mr Cook genau dieselbe Zufriedenheit wie jeder andere auch, der gute Arbeit geleistet hat. Er beendete die Hausarbeit damit, dass er die Sofakissen aufschüttelte und eines unter Lotties Kopf zu schieben versuchte. Doch kaum berührte er das Geschichtenkästchen, fuhr Lottie auch schon hoch und war hellwach.

Wie beim letzten Mal starrte sie mit weit aufgerissenen Augen auf das Kästchen in ihren Händen. Als sie es behutsam drehte und wendete, klang es, als würde etwas Kleines von einer Seite zur anderen rutschen. Lottie hob den Deckel und guckte hinein. Sie hielt den Atem an.

„Lewis ...“, krächzte sie kaum hörbar.

Mr Cook war entschlossen, keine Fragen zu stellen – zumindest keine, die das Kästchen betrafen –, und so drehte er sich um und ging in die Küche. „Ja“, rief er über die Schulter zurück, „wo steckt Lewis? Ist er schon nach Hause gegangen?“

Lottie gab ihm keine Antwort. Sie war sich ihrer Sache nicht sicher. Sie warf einen zweiten Blick in das Kästchen. Darin lagen drei Dinge: ein Kirschkern, ein merkwürdiger Stein ... und Lewis’ Notizbuch.

Nach dem Mittagessen rief Lewis’ Mutter an und erkundigte sich, ob ihr Sohn gedenke, in nächster Zeit nach Hause zu kommen. Glücklicherweise war Lottie ans Telefon gegangen, und so konnte sie Mrs Weaver verschwörerisch raunend mitteilen, dass Lewis gerne noch einmal hier übernachten würde, wenn sie einverstanden wäre. Sie war einverstanden, dem Himmel sei Dank, denn Lewis war absolut nirgends aufzufinden gewesen.

Lottie wankte den ganzen Morgen völlig benommen umher. Was war schief gegangen? Lewis war eingeschlafen ... so viel stand fest! Bei ihr hatte die Rückkehr funktioniert – warum nicht auch bei ihm? Hatte ihn der Nachtkönig gefunden? Nein. Das ist nicht wahr, dachte sie. Bitte nicht!

Kaum hatte ihr Vater das Haus verlassen, um in die Stadt zu fahren, zog Lottie sich in ihr Zimmer zurück, stellte das magische Geschichtenkästchen auf den Boden und öffnete es. Bei Tageslicht sah es so unglaublich winzig aus. Wie konnte sie da hineingelangen? Sie hielt die Luft an und ließ sich vornüberfallen. Genau auf die äußerst harten Kanten des Kästchens. Sie schlug sich gehörig den Kopf an und geriet in Panik. Sie versuchte es wieder. Und wieder.

Und wieder.

Zum ersten Mal in ihrem Leben schloss sie sich in ihrem Zimmer ein und versuchte einen ganzen Nachmittag lang, die Magie des Kästchens zu entfesseln. Ihr Kopf war voller Beulen, und ihr Herzschlag raste, als ihr Vater schließlich an ihre Tür klopfte und sie bat, den Tisch zu decken.

Beim Abendessen fragte sich Mr Cook, was in seine Tochter gefahren war: Sie goss eine Sauce aus Essig, Öl und Senf über die Pommes und servierte das Ganze als einen gemischten Salat. Doch er verlor kein Wort darüber, er aß einfach auf. (Tatsächlich schmeckte es ziemlich gut.)

„Bereitet dir irgendetwas Kummer, Lottie?", fragte er zaghaft. Sie schüttelte den Kopf. Mr Cook trommelte mit den Fingern nervös auf die Tischplatte und überlegte, was er als Nächstes zu ihr sagen sollte.

Dann geschah ein kleines Wunder.

Das Telefon klingelte, und Lottie, die schon die ganze Zeit befürchtete, dass Mrs Weaver noch einmal anrufen könnte, sprang auf und riss den Hörer ans Ohr. Es war Mrs Weaver. Sie sagte nicht einmal Hallo, sondern befahl streng: „Lottie, ich muss mit Lewis reden, du holst ihn jetzt sofort ans Telefon!“

„Ähm, ja, okay“, nuschelte Lottie. Ihr Vater beobachtete neugierig, wie sie den Hörer beiseite legte, einmal im Kreis herumging und dann den Hörer wieder aufnahm. Sie atmete vernehmlich in die Sprechmuschel. „Lewis? Bist du das?“, schnappte Mrs Weaver. Lottie atmete laut. „Also gut, hör mir zu, Lewis: Deine Tante Betty Jean hat schon wieder eine Gallenkolik gehabt. Eine sehr schlimme. Sie braucht mich, deshalb muss ich sofort zu ihr nach Peoria. Hörst du mir zu, Lewis?“ Lottie atmete zweimal schwer, und Mrs Weavers Stimme ratterte weiter.

„Gut möglich, dass ich länger als eine Woche fortbleibe, aber ich will dich nicht mitnehmen. Du würdest nur im Weg herumstehen. Also, frag Lotties Vater, ob du bleiben darfst. Ich breche in zwanzig Minuten auf. Ich lege dir die Telefonnummer neben das Telefon, aber *ruf mich nicht an*, das wäre ein Ferngespräch! Haben wir uns verstanden?“ Lottie atmete wieder laut aus und gab sich alle Mühe, so zu klingen wie Lewis. Mrs Weaver legte auf.

Lottie schmetterte den Hörer auf die Gabel. In ihrem Kopf ging es drunter und drüber. Eine Woche! Sie hatte eine ganze Woche Zeit, Lewis zurückzuholen.

Lottie blieb die ganze Nacht auf und versuchte, nach Lichtland zurückzukehren. Vielleicht war die Panik das Problem – diese schreckliche Panik, die immer weiter in ihr wuchs, bis ihre Augen in Tränen schwammen. Als am Sonntagmorgen schließlich die Sonne aufging, war sie verzweifelt. Sie dämmerte ein, als ihr Vater daranging, die Hausarbeit zu erledigen. So neugierig er auch war – er ließ sie schlafen.

Sie schlief bis in die Mittagszeit hinein, dann versuchte sie es erneut. Ihr Vater machte sich einige äußerst beunruhigte Gedanken über die seltsamen, dumpfen Schläge, die aus ihrem Zimmer zu hören waren.

Irgendwann hielt er es nicht mehr aus und bat Lottie, mit ihm Äpfel zu pflücken. Während Mr Cook drei riesengroße Körbe mit leuchtend rotgoldenen Äpfeln füllte, quälte sich Lottie mit harten und winzigen grünen herum. Was passiert, wenn Lewis morgen nicht in die Schule kommt, fragte sie sich. Sie musste etwas unternehmen, bevor jemand Fragen stellte. Lottie kletterte auf den ältesten Baum, einen knorrigen grauen Riesen, der voller wunderschöner Äpfel hing. Lewis' Lieblingsäpfel. Die Weavers hatten zu Hause auch einen solchen Baum. Plötzlich kam Lottie eine Idee.

Sie wartete, bis ihr Vater aufbrach, um die Äpfel an die Nachbarn zu verschenken. Dann kletterte sie von ihrem Baum herab, rannte in die andere Richtung, nahm die Abkürzung durch das Maisfeld und erreichte in Rekordzeit die Hintertür von Mrs Weavers Haus. Der Ersatzschlüssel hing an einem Haken im Schuppen.

Lottie schloss die Küchentür auf, und sofort sprang mit einem lauten Miauen Biskuit herbei. Sie hatte die Katze ganz vergessen! Lottie gab Futter auf einen kleinen Teller und stellte ihn auf den Boden. Biskuit beäugte sie misstrauisch, bis sie auch noch die Wasserschüssel füllte.

Es war unheimlich, so ganz allein in einem fremden, leeren Haus. Lotties Herzschlag raste. Doch niemand würde je erfahren, dass sie hier gewesen war.

Neben dem Telefon fand Lottie, was sie suchte. Einen Zettel mit einer kleinen Notiz für Lewis. Sie war beinahe perfekt. Auf grauem Briefpapier, auf dem ihre Adresse aufgedruckt war, hatte Lewis' Mutter in ihrer winzigen Handschrift die folgende Botschaft geschrieben:

Lewis
musste für eine Woche nach Peoria
Rückkehr: Samstag.
319-555-5084
NICHT ANRUFEN

Lottie atmete tief durch. Der Füller, den Mrs Weaver benutzt hatte, lag noch neben dem Zettel. Lottie wog ihn kurz in der Hand, dann schrieb sie über Lewis' Namen in winzigen Krakeln *Entschuldigung für* und darunter, vor die Zeile „musste für eine Woche nach Peoria", das Wörtchen *Er*. Die Notiz war nicht unterschrieben, aber Lottie ging davon aus, dass man sie in der Schule auch so akzeptieren würde.

Sie schrie fast auf, als sie eine Bewegung an ihrer linken Wade spürte. Biskuit strich ihr wohlig schnurrend um die Beine! Biskuit war nett zu ihr? Lottie schüttelte den Kopf.

Irgendwie war die ganze Welt durcheinander geraten. Sie füllte den kleinen Teller noch einmal und schlüpfte dann aus der Tür. Den Schlüssel hängte sie zurück an seinen Haken.

Was, wenn sie Lewis nicht mehr fand? Was, wenn sie ihn nie mehr wieder sah? Wie sollte sie dem Rest der Welt erklären, was geschehen war? Und davon einmal ganz abgesehen – was sollte ohne ihn nur aus ihr werden?

Lewis war mitten in der Festung des Nachtkönigs eingeschlafen. Selbst wenn es ihr gelingen würde, ihn zu finden: Was, wenn er jetzt so war wie Robert? Ohne jede Erinnerung? Und vermutlich würde er so sein; es fiel ihr schwer, sich einen glücklicheren Ausgang dieses Abenteuers vorzustellen.

Lottie war mutlos, die Angst schnürte ihr die Kehle zu, und sie konnte nur noch unter Schmerzen schlucken. Sie und Lewis waren Freunde, seit sie denken konnte. Sie musste ihn einfach finden. Sie musste!

Wieder in ihrem Zimmer, öffnete sie das Kästchen auf dem Boden und versuchte erneut hineinzugelangen. *Autsch!* Sie holte sich eine Beule nach der anderen, und es half kein bisschen!

Sie musste eine andere Methode ausprobieren. Wenn sie etwas verloren hatte, pflegte ihr Vater immer zu raten: „Geh einfach denselben Weg nochmal, Lottie.“ Genau das würde sie tun.

„Angefangen hat alles mit dem Geschichtenkästchen“, sagte sie sich gedehnt. „Seine Magie entspringt dem Erinnern. Dann kam Umber.“

Lottie blickte sich in ihrem Zimmer um und dachte an den Vogel, der so bunt schimmerte wie ein Durcheinander aus Malstiften, und an seinen absonderlichen Flug. Jede noch so winzige Besonderheit des Vogels rief sie sich vor Augen, jede einzelne farbige Feder. Sie sah alles wieder genau vor sich: wie er den prächtigen Regenbogenkopf schräg stellte und sich kurz verdutzt im Spiegel bewunderte, wie er zu der Pinnwand hinsauste und auf die Zeichnungen einpickte.

Auf die Zeichnungen einpickte ...

Lottie ging zu der Pinnwand hinüber und blätterte die verblassten Notizen und Zeichnungen durch. Im Nu stiegen weitere Erinnerungen in ihr auf. So viele Pläne, Skizzen, Gedichte auf so vielen Zetteln, Blättern, Fitzelchen ... Und dann starrte sie auf das eine, entscheidende Blatt Papier.

Es hing ganz zuunterst; vielleicht war es das allererste Blatt, das sie je hier festgepinnt hatte. Darauf: ein Farbenwirbel, ein Wachsmalkreiden-Gekritzel. Sie erkannte sofort, was das war ... wer das war. Sie erinnerte sich.

Das hier war ihre allererste Zeichnung. Und der Farbenwirbel war ein Vogel.

Lottie stand da wie verzaubert, dann zog sie das Blatt Papier behutsam unter dem Wust all ihrer anderen Schätze hervor. Ihr Gesicht glühte. Ein unbeschreibliches Glücksgefühl erfüllte sie. Hinter ihr, auf dem Boden, stand das geöffnete Kästchen aus Kirschbaumholz und leuchtete wieder. Lottie spürte eine winzige, flaumige Berührung an der Wange – und war nicht einmal überrascht.

„Kaaa-rächz!“ Umber vollführte einen weiteren eigenwilligen Landeanflug und kam mehr schlecht als recht auf ihrer Schulter zu sitzen. „Warum hast du so lange gebraucht?“

„I-ich hab’s immer wieder versucht ... Ich konnte nicht reinkommen! Ich hab’s wirklich versucht!“ Sie war unendlich erleichtert, den Vogel zu sehen. So erschöpft sie auch sein mochte – jetzt hatte sie wieder Hoffnung! Sie hatte es geschafft!

„Oh, Dahingegangenheit!“, zwitscherte der Vogel stürmisch. „Du sollst es nicht versuchen, Lottie Cook. Du sollst es einfach nur tun.“

„Ich habe mir die ganze Nacht Mühe gegeben –“

„Ganz falsch. Versuch, es nicht zu versuchen. Los geht’s, rein geht’s, du wirst gebraucht. Der Nachtkönig hat den Kirschbaum gesehn! Komm mit!“

Umber tauchte in das Kästchen hinein. Eine seiner Klauen hielt Lotties Daumen fest gepackt. Aber Lottie, die mit ihren Gedanken bei Lewis war, beim Nachtkönig, bei der Gefahr, in der Lewis schwebte, Lottie schlug sich nur ein weiteres Mal den Kopf an. Voller Enttäuschung krümmte sie sich auf dem Boden zusammen. Umber musste umkehren.

„Lieber Himmel, was machst du bloß für Sachen?“, krähte er fassungslos und gereizt gleichermaßen. Lottie rieb sich den Kopf, der mittlerweile fürchterlich wehtat.

„Umber, wo ist Lewis? Hast du ihn gesehen?“

„Sollten wir lieber nicht auf dieser Seite besprechen.“ Der Vogel wirkte beunruhigt.

„Was meinst du damit? Ist er ... hat ihn der ...?"

„Nicht gut, hier darüber zu reden! Aber wir sollten los! *Kreisch!*"

Doch Lottie konnte einfach nicht. Sie hielt sich an Umbers Fuß fest und versuchte es wieder. Und konnte nur daran denken, was passieren würde, wenn sie es wieder nicht schaffte.

Lottie legte ihre Zeichnung in das Geschichtenkästchen, dazu den Kirschkern, den Stein und Lewis' kleines Notizbuch. Sie blätterte darin, mühte sich vergebens, in den Kritzeleien einen Sinn zu entdecken. Sie dachte an Lewis' Aufsatz ... An den Tag, an dem er dieses ganze Durcheinander an die Tafel gezeichnet hatte. Und an Alice. Sie hatte einen Sinn darin gesehen. Lottie starrte aus tränenverschleierten Augen auf die wirren Zeichen. Sie klappte das Notizbuch zu und steckte es in ihre Schlafanzugtasche. Vielleicht versteh ich es morgen, dachte sie. Und wenn es gar nicht anders geht, frage ich Alice.

Lottie nahm den Kirschkern zwischen Daumen und Zeigefinger. Ohne richtig zu wissen, warum, drückte sie ihn gegen den Saum des Schlafanzugstoffes und band ihn in einen kleinen Knoten ein. Das Gleiche machte sie mit Lewis' Stein.

Umber tat alles, um sie zu ermutigen, doch schließlich gab er auf. Er wollte nach Lichtland zurück und musste ohne sie gehen. Lottie konnte ihm nicht durch das Kästchen folgen. Es funktionierte nicht. „Oh, nun gut", seufzte der besorgte Vogel endlich. „Ein Morgen gibt's immer, Lottie Cook. Morgen schaffen wir's. Aber du musst aufhören mit diesem Versuchen! Keine Angst, alles ist gut! Nicht wirklich, aber mach dir nichts draus ... Also dann, bis morgen."

Das schrullige Gemurmel des Vogels wollte und wollte nicht enden, bis Lottie ihre Augen ganz fest zudrückte und alles aussperrte. Umbers Krächzen verstummte jäh. Sie öffnete die Augen wieder, und der Vogel war fort. Lottie rollte sich zu einer Kugel zusammen.

In der Zwischenzeit war Lewis aufgewacht.

Er lag auf den harten Steinstufen in der Windmühle. Lottie war nirgends zu sehen. Sein Mut sank, und sein Magen fühlte sich höchst eigenartig an. Wenigstens saßen die Hunde links und rechts neben ihm, und das war gut so. In Zerox' Nähe fühlte er sich ein wenig sicherer.

Dann blickte Lewis auf. Im Nu verwandelte sich sein Blut in Eiswasser. Ganz dicht vor ihm stand eine riesige weiße Laborratte mit roten Augen – und sie redete! Die Ratte war umringt von unzähligen weißen Mäusen, die im Vergleich zu der Monsterratte eher schmächtig wirkten, dennoch war auch jede von ihnen immerhin dreißig Zentimeter groß.

„Er ist es, sei nicht dumm!", zischte eine der Mäuse ärgerlich.

„Er ist es nicht! Wo sind seine Runzeln? Und wo die Narben?" Die Ratte machte ein finsteres Gesicht und wackelte mit den langen Barthaaren.

„Es ist ein Trick! Er stellt uns auf die Probe! Was hat er mit diesen unappetitlichen Hunden zu schaffen?"

„Seid still! Wollt ihr alle eingesperrt werden? Oder unter den Schleier kommen? Ihr wisst, er hört alles, selbst wenn er in Trance ist.“

„Ahhhh!“ Eine der Mäuse bemerkte, dass Lewis sie anstarrte, und warf sich flach auf den Bauch. Die anderen folgten diesem Beispiel blitzartig – selbst die Ratte, die überdies auch noch loswinselte.

„Euer Königshoheit!“, bettelte sie. „Euer Königshoheit, wir haben uns nur gefragt, warum Ihr hier auf die Stufen hingegossen zu ruhn geruht! Würde es Euch nicht viel zufriedener machen, Euer Turmgemach aufzusuchen? Wir sind soeben dabei, das Morgenmahl vorzubereiten ...“

Lewis hatte keine Ahnung, was hier vorging. Ob er noch schlief? Er schüttelte sich. Ihm war kalt, und er fühlte sich steif und wund. Wer, glaubten diese Nager, dass er war? Sie hatten eindeutig großen Respekt vor ihm und schienen nicht vorzuhaben, ihn anzufallen. Aber was, wenn sie herausfanden, dass er nicht ihre Königshoheit war?

Lottie war nicht hier, um für ihn zu sprechen, und so nickte er erst einmal nachlässig – und stand schweigend auf.

Die Kreaturen sahen erleichtert aus. Ihre Königshoheit war in gnädiger Stimmung. Sie hatte sie nicht einmal ins verlängerte Rückgrat getreten! Und so hastete die ganze Schar voraus, die Wendeltreppe empor, und Lewis und Zerox folgten ihnen.

Unterwegs hörte Lewis das Wispern und Tuscheln erneut. Es drang wie ein fernes Echo geradewegs aus den Wänden der Mühle. Und mit den Geisterstimmen kamen auch die Erinnerungen an die vergangene Nacht wieder, und Lewis krümmte sich. Sein Magen krampfte sich zusammen. Die Sammlung des Nachtkönigs, hatte Lottie gesagt. Diese Sammlung bestand aus geraubten Erinnerungen, bestand aus den Seelen der Menschen, die er sich geschnappt hatte. Und die Mäuse und diese Ratte glaubten zweifellos, dass er, Lewis Weaver, der Nachtkönig war. Nicht auszudenken, was geschah, wenn der echte Nachtkönig zurückkehrte! Und zurückkehren würde er, wahrscheinlich sogar bald, wenn sie noch dabei waren, sein Frühstück zuzubereiten! Die Nager waren ihm beflissen vorausgeeilt und drängelten sich nun einen gewundenen Korridor entlang und in einen Raum hinein, der, wie Lewis annahm, das Turmgemach war.

Es war ein kreisförmiges, steinernes Zimmer. Im Abstand von etwa einem Meter waren Fenster in die mächtigen Wälle eingelassen. Von hier oben konnte man in jede Richtung kilometerweit ins Land schauen. Die Sonne ging gerade auf, und der Horizont im Osten erstrahlte rötlich golden. Lewis konnte an nichts anderes mehr denken, als dass er irgendwie hier herauskommen musste. Und zwar schnell.

Er schnupperte. Das Morgenmahl des Nachtkönigs schien fast fertig zu sein. In der Mitte des Raumes fiel Lewis ein gewaltiger stählerner Mast auf, der aus der Decke kam und im Boden verschwand. Sobald sich draußen ein Lüftchen regte und die Mühlenflügel in Bewegung setzte, drehte sich auch der Mast. Nun, entschied Lewis, wahrscheinlich ist es so eine Art Antriebswelle. Sie durchbohrte die Windmühle von oben bis unten und war im Keller vermutlich mit Zahnrädern und Getrieberädern verbunden, über die Elektrizität erzeugt wurde. Lewis grübelte eine ganze Weile darüber nach, wie der Nachtkönig die gewonnene Energie wohl nutzte.

Doch inmitten tausender von Geisterstimmen fiel es ihm schwer, sich zu konzentrieren. Hier oben, in diesem Zimmer, kamen sie ihm viel lauter vor. Warum war er immer noch hier? Lottie hatte ihm erzählt, dass Schlaf der Weg nach Hause war. Und Lottie war verschwunden, nur er war noch da. Die Stimmen bedrängten ihn nun aus allen Ecken und Spalten und Rissen, und seine eigenen Fragen drehten sich in seinem Kopf, bis ihm ganz schwindelig wurde.

Er bemerkte, dass die Ratte zu ihm sprach. „... habt uns überrascht, Euer Königshoheit", sagte sie unterwürfig. „Aber natürlich würden wir Euch immer wieder erkennen! Ganz gleich, wie sehr Ihr auch verwandelt seid! Und dieser veränderte Humor, den Ihr Euch nun zu gönnen beliebt!" Die Ratte wackelte viel sagend mit dem Hinterteil. „Seit gestern schon habt Ihr kaum mehr einen Eurer Tanzschritte auf die Mäuseschwänzchen verschwendet! Ha. A-ha-ha. Ah. Ähem."

Lewis starrte nach oben und sah durch eine Öffnung in der Decke die gewaltige Eisenmaschinerie arbeiten, von der die acht Arme der Windmühle gehalten wurden. Das Haubendach der Mühle ließ sich drehen, sodass die Flügel stets nach dem Wind ausgerichtet werden konnten.

Lewis hob die Hand an seine schmerzende Stirn und

überlegte verzweifelt, wie er von hier entkommen sollte. Da bemerkte er, dass sich die Ratte und die Mäuse bei seiner Bewegung allesamt voller Angst duckten und zitterten. Sie denken, ich werde ihnen wehtun, begriff er.

Dies war seine Chance, und er nutzte sie. Er hob seinen Fuß, der in einem Stiefel mit sehr dicker Sohle steckte, und ließ ihn auf den Schwanz der Ratte hinabsausen. Mit einem Winseln brachte sie sich in Sicherheit, doch sie wirkte fast erleichtert darüber, dass ihre Königshoheit sich nun wieder normal benahm. Erst in diesem Moment empfand Lewis so etwas wie Mitleid mit ihr, dennoch funkelte er auch die Mäuse drohend an und stapfte aus dem Raum.

Augenblicklich erhob sich hinter ihm ein aufgeregtes Stimmengewirr.

„Geschieht dir recht! Hättest du nicht so viel geredet! Und vor allem nicht so geschraubt!"

„Oh, seid still, es tut fast gar nicht weh!"

„Ich hab dir gesagt, das ist unsere Königshoheit ..."

„Ob wir jetzt wohl sein Frühstück essen dürfen? Wär doch eine Schande, es verderben zu lassen ..."

Lewis stürmte die Wendeltreppe hinab; nahm immer drei Stufen auf einmal, lief schneller, immer schneller. Irgendwann meinte er, verfolgt zu werden, doch es waren nur die beiden erinnerten Hunde – sie schienen fest entschlossen, ihn nie wieder aus den Augen zu lassen. Ohne zu zögern, jagte Lewis weiter und setzte – die Hunde links und rechts neben sich – die letzten paar Stufen hinab. Kleine, normal gebliebene Nagetiere huschten nach allen

Seiten davon. Dann stürzte er nach draußen, ins helle Licht des Tages, und rannte immer noch, rannte über die sonderbaren Pflastersteine des Hofes, und weiter, hinaus durch das Portal in den hohen Mauern.

Er fragte sich, ob ihm die Labortiere oben im Turmzimmer wohl hinterhersahen. Doch er konnte nicht anhalten. Erst an der alten Mauer taumelte er und stürzte zu Boden; und dachte daran, wie Lottie und er sich gestern dagegen geschmiegt hatten. Er lehnte sich mit dem Rücken an. Die Hunde saßen hechelnd bei seinen lang ausgestreckten Beinen und bildeten so eine Art lebenden Schutzwall, hinter dem er sich verstecken konnte.

Gerade noch rechtzeitig!

Von links näherte sich der ohrenbetäubende Lärm eines ungeheuerlichen Motors. Lewis fuhr herum, zog sich an der Mauer hoch und lugte ganz vorsichtig darüber hinweg. Eine Art Motorschlitten brauste über das trockene Grasland heran. Funken stoben aus den Auspuffrohren, in den Reifenspuren loderten kleine Flammen empor. Das unheimliche Gefährt raste geradewegs auf den Hof und die Windmühle zu. Über die gewaltige Lenkstange beugte sich eine große, klapperdürre Gestalt, ein schmutziger Kittel flatterte im Fahrtwind. Lewis unterdrückte ein Stöhnen. Abgaswolken verdüsterten das ganze Land, der Gestank brennenden Öls war allgegenwärtig.

Der Nachtkönig war nach Hause gekommen.

Und Lewis hatte ihn erkannt. Es war sein Vater.

Blaue Funken

„Schuuule! Frühstück!", sagte Mr Cook irgendwo ganz in der Nähe, und da wusste Lottie: Es war Montagmorgen. „Los, los, komm in die Gänge, Lewis wird jeden Augenblick hier sein."

Lottie schnappte nach Luft, als sie sich mit einem Schlag wieder an alles erinnerte. „Lewis", flüsterte sie.

„Was hast du gesagt?", erkundigte sich Mr Cook.

„Lewis – der ist, ähm, in Peoria. Seine Mutter hat angerufen, weißt du nicht mehr? Sie sind für eine Woche nach Peoria gefahren."

Lottie hielt den Atem an, doch ihr Vater glaubte ihre Geschichte und tappte bereits in Richtung Küche.

Später, in der Schule, musste sie die Lüge ständig wiederholen, denn seltsamerweise erkundigten sich so ziemlich alle nach Lewis. Genau genommen begann es bereits auf dem Schulweg, und zwar mit Betsy Pelican, die sie unbarmherzig ausfragte. Lottie schielte nervös auf Mrs Weavers Notiz. Es musste einfach klappen. Betsy plapperte währenddessen frohgemut weiter.

„... er wird den Buchstabierwettbewerb versäumen, und er war doch in meiner Gruppe. He, das ist gut. Dann haben wir vielleicht eine Chance, denn Lewis hätte ja sowieso nie im Leben laut buchstabiert, und –"

Die Schulglocke bimmelte und kündigte den Beginn des Unterrichts an. Drinnen, auf der obersten Treppenstufe, stand die Person, die Lottie heute ganz bestimmt zuallerletzt hatte sehen wollen.

Der Sportlehrer drückte die Brust heraus, verschränkte die Hände hinter dem Rücken, wippte dreimal auf den Fußballen – und tat so, als bemerke er sie nicht. Lottie eilte schaudernd an ihm vorbei. Tu einfach so, als sei er auch gar nicht da, sagte sie sich energisch. Jetzt zählt nur eines: Lewis' Rettung.

Sie ging zur Rektoratssekretärin und meldete, dass Lewis die ganze Woche fehlen würde. Lottie stotterte ihre Lüge so schnell wie möglich heraus, zeigte die (geringfügig ergänzte) Notiz von Mrs Weaver vor und suchte rasch das Weite.

Sie eilte zu Zimmer elf und holte tief Luft, bevor sie die Tür öffnete.

Alle anderen waren bereits an ihrem Platz. Alle außer Lewis, natürlich. Das bedeutete, dass sie ihre Flunkerei vor der ganzen Klasse wiederholen musste – einschließlich einer Lehrerin, die Gedanken lesen konnte.

Lottie war sich überhaupt nicht mehr sicher, ob ihr Plan funktionieren würde. Sie ging so entschlossen nach vorn, dass sie gegen Miss d'Avignons Schreibtisch stieß. Eigentlich hatte sie sich fest vorgenommen, Miss d'Avignon direkt in die Augen zu sehen. Sie wusste, das wirkte überzeugend. Doch jetzt konnte sie es nicht, sosehr sie sich auch bemühte. Ständig schielte sie zu ihren Schuhen hinab und schämte sich ihrer Lüge.

Miss d'Avignon nahm die Peoria-Geschichte mit einem kurzen Heben der Augenbrauen zur Kenntnis. Lotties Herz hämmerte. Was, wenn Mrs Weaver die Lehrerin am Wochenende angerufen hatte? Aber dann läutete die Glocke, und Miss d'Avignon war abgelenkt.

Für den Rest dieses Morgens bekam Lottie kaum etwas vom Unterricht mit. Ständig griff sie in ihre Tasche, um sich zu vergewissern, dass Lewis' Notizbuch noch da war. Lewis! Sie machte sich solche Sorgen um ihn! Wo mochte er nur stecken? Wie betäubt hing sie auf ihrem Stuhl.

Als der Summton die Klasse zum Turnunterricht rief, seufzte Lottie aus tiefstem Herzen. Miss d'Avignon ging mit ihnen zur Sporthalle und legte Lottie die Hand auf die Schulter, als Mr Haggler heranstapfte. Sein Gesicht nahm einen komischen Ausdruck an, als er sie erblickte, doch dann steckte er sich seine Trillerpfeife in den Mund, stieß einen Pfiff aus und begann mit dem Unterricht.

„Mannschaftskapitäne!", brüllte er. Brian Good und Alan Wolf schleppten bereits große Medizinbälle aus dem Behälter in der Ecke herbei. Die beiden bulligen Zwölfjährigen waren seit der ersten Klasse Mannschaftskapitäne.

Sie ließen die prall aufgeblasenen Bälle ein paarmal träge hüpfen und wählten ihre Mannschaften. Das lief stets nach dem gleichen Muster ab. Wurde Völkerball gespielt, wählte Brian Derrick, Melanie, Betsy, Lewis und Alice aus. Alan rief Eric, Scotty, Janice, Miriam und Lottie zu sich. In genau dieser Reihenfolge. Beim Basketball gab es jedes

Mal geringfügige Abweichungen, weil die beiden sportlichen Zwillinge Derrick und Eric sehr klein waren.

Heute kam es zu einer kurzen Verwirrung, weil Lewis nicht da war. Normalerweise pflegte der Sportlehrer in solchen Fällen zackig „Wenn jemand fehlt, muss das mit der Brechstange ausgeglichen werden!“ zu donnern und Lottie aus dem Spiel zu nehmen. In der Regel musste sie dann irgendwelche dummen Aufgaben erledigen, zum Beispiel in seinem Büro Sportgeräte sortieren und stapeln.

Auch heute wandte sich Haggler ihr zu – doch sein Zähnefletschen erstarb beinahe im selben Moment wieder, als habe er es sich anders überlegt. Aus einem Grund, der nur ihm selbst einleuchtete, befahl er stattdessen Alice zu sich.

Sie warf Lottie ein beinahe entschuldigendes Lächeln zu, als sie mit dem Auftrag, Bälle und Eishockeyschläger nachzuzählen, an ihr vorbeihastete.

Beide Mannschaftskapitäne waren verstimmt, denn nun hatte Brians Team nicht nur einen, sondern gleich zwei Spieler weniger, und dadurch musste Lottie in Brians Mannschaft wechseln.

Das Spiel verlief von Anfang an chaotisch. Brian konnte sich nicht merken, dass Lottie ausnahmsweise zu seinen Leuten gehörte und knallte ihr zweimal den Ball an den Kopf – sehr zu Alans Zufriedenheit.

Lottie beschloss endgültig, Völkerball bis an ihr Lebensende zu hassen. Sie versuchte Scham, Empörung und Schmerz abzuschütteln, doch ihr Gesicht fühlte sich immer heißer an, bis ihre Augen vor lauter Tränen überquollen. Lottie hatte noch niemals in der Schule geweint. Genau genommen weinte sie fast nie.

Das Spiel dauerte an, doch die Tränen sorgten dafür, dass sie alles nur noch verschwommen wahrnahm. Und dann geschah es wieder! Sie sah den Ball nicht einmal mehr heranschießen, bevor er sie mitten ins Gesicht traf.

Sie drehte sich um und rannte, bis sie irgendwann im Büro des Trainers gegen Alice stolperte. Falls irgendjemand bemerkt hatte, dass Lottie nicht mehr mitspielte, so schien es ihn zumindest nicht zu kümmern; niemand kam, um nach ihr zu sehen.

„Alles klar, Lottie?", fragte Alice.

Lottie nickte und wischte sich mit dem Ärmel die Augen trocken. „I-ich hab einen Ball ins Gesicht gekriegt."

„Oje." Alice nickte mitfühlend. „Völkerball ist so was von dämlich! Würg. Obwohl Turnen am Reck auch nicht gerade das Wahre ist." Lottie und Alice sahen sich an und lächelten verzagt. Dann kicherten sie plötzlich.

„Gibt das keinen Ärger, wenn du hier bist?", erkundigte sich Alice und spähte durch die Plexiglasscheibe zu dem Sportlehrer hinaus, der immer öfter herüberblickte.

„Mir doch egal." Lottie atmete tief durch, bis sich ihr Gesicht wieder normal anfühlte.

„Du bist so tapfer, Lottie." Seufzend wandte sich Alice den Eishockeyschlägern zu und begann, sie zu stapeln. „Ich hätte viel zu viel Angst."

Lottie wusste, dass sie für gewöhnlich recht mutig war. Darauf war sie stolz. Aber heute war alles anders. Alice musste Tomaten auf den Augen haben, wenn ihr das nicht auffiel. Bemerkte sie denn überhaupt nicht Lotties rote Augen und dass sie geweint hatte? In der Schule! Das war nicht tapfer.

Lottie und Alice gingen seit dem ersten Schultag in dieselbe Klasse, doch Freundinnen waren sie nie geworden. Im Grunde kannten sie sich kaum. Alice wohnte mit ihren Eltern und ihrer jüngeren Schwester über dem Gemischtwarenladen in der Hauptstraße. In den Ferien und nachmittags nach der Schule half sie immer im Laden mit. Deshalb hatte sie nie viel Zeit. Und Lottie und Lewis blieben normalerweise natürlich für sich.

„He, Alice“, sagte Lottie plötzlich, „erinnerst du dich an letzte Woche, als du Lewis' Aufsatz, äh, übersetzt hast?“

Alice wurde flammend rot und vergaß darüber sogar zu nicken. Lottie zog umständlich Lewis' Notizbuch aus der Tasche. Sie schlug es auf und zeigte Alice die wohl bekannten Schnörkel. „Könntest du – ich meine, würdest du dir das hier mal für mich angucken?“

Rot bis zu den Ohren, starrte Alice abwechselnd das Notizbuch und Lottie unsicher an. Aber Lottie hatte anscheinend nicht vor, sich über sie lustig zu machen. Ihr Gesicht war ernst und aufrichtig. „Es gehört Lewis“, sagte sie und hielt ihr das Notizbuch weiter hin.

„I-ich weiß“, murmelte Alice und nahm es. „Er trägt es immer wie ein Armband.“

Lottie musste lächeln. Lewis hatte sich so oft darüber beklagt, dass man sein Notizbuch für ein Armband halten könne, und sie hatte ihm jedes Mal widersprochen und beteuert, dass kein Mensch auf so eine Idee kommen würde.

Alice blätterte ein paar Seiten um und runzelte die Stirn. „Warum hast du es eigentlich?“

„Er ... na ja, er hat es auf dieser Reise nicht gebraucht, und deshalb ... ähm ... deshalb hat er es bei mir zu Hause liegen lassen.“

„Und warum willst du wissen, was er da reingeschrieben hat?“, fragte Alice, die Augen starr auf eine Seite gerichtet, die Wangen immer noch scharlachrot. „Ist das nicht privat?“

„Es kümmert Lewis nie, wenn man ihm bei seinen ... seinen Eintragungen zusieht, das weißt du doch. Und ich ... na ja, ich bin halt auf ... seinen Aufsatz neugierig. Ich – also, ich könnte wirklich ein paar Ideen für meinen eigenen Aufsatz gebrauchen, und deshalb ...“

Es war grauenvoll, Alice anzulügen! Lottie ertappte sich dabei, dass sie den Knoten, in den ihr Kirschkern eingebunden war, nervös immer weiter verdrehte.

„Oh!“ Alice war plötzlich ganz aufgeregt, und Lottie beugte sich über das Notizbuch. „Schau dir diese Seiten an“, japste Alice. „Die muss er zuletzt voll geschrieben haben. Na ja, also ... erstens, alle gegenüberliegenden Seiten sind jeweils wie Spiegelbilder ... Alle sind so! Oh, nein, nicht ganz. Schau, hier ... Jede Seite ist immer ein bisschen anders – da! Komisch, das hier sieht aus wie jemand, der eine falsche Spur verfolgt und es merkt und wieder umdreht. Und vieles sieht genauso aus wie auf der Tafel. Die Nacht, die Festung, oder was immer das sein soll. Aber dann, hier ... oh, das sieht wirklich schlimm aus! Plötzlich gerät alles aus dem Gleichgewicht. Ich meine, es sieht aus, als würden die Zeichen irgendwie bluten ... die ganze Seite voll bluten!"

„Und? Was bedeutet das?" Lottie spürte, wie ihr alle Farbe aus dem Gesicht wich.

„Hier hat man den Eindruck, dass ihm die Bleistiftspitze abgebrochen und seine Hand deshalb irgendwie ausgerutscht ist. Da, diese kritzelige Delle, die beinahe ganz durch das Papier durchgeht. Ich glaube, das soll ein Kampf sein, und, na ja ... er ist noch nicht zu Ende, weißt du?"

Lottie starrte immer noch angespannt vor sich hin, als Alice das Notizbuch bedächtig zuklappte. „Aber was genau bedeutet das?", drängelte Lottie.

„Ich weiß es nicht, wirklich nicht." Alice schüttelte den Kopf. „Ich finde nur, es sieht entsetzlich aus. Unheimlich. Aber ich weiß es nicht. Ich weiß nicht mal, warum ich glaube, dass es irgendetwas bedeutet. Komisch, oder? Er hat mir dieses Notizbuch nie gezeigt. Manchmal hab ich ihm auch über die Schulter gesehen, wenn er etwas hineingeschrieben hat, wie die anderen, du weißt schon ... und ich hatte immer irgendwie das Gefühl, dass es für mich einen Sinn ergibt. Aber ich habe keine Ahnung, warum."

„Na, toll", seufzte Lottie. „Ich nämlich auch nicht." Sie steckte das kleine Buch wieder in ihre Tasche, und die Traurigkeit kehrte mit Riesenschritten zurück. Ein Kampf, Blut, Lewis' Geschichte unvollendet ... Sie schüttelte den Kopf. Sie konnte nicht länger darüber nachdenken. Nicht jetzt. Bestimmt drehte sie noch durch, wenn sie den ganzen Tag an nichts anderes als diese schlimmen Dinge dachte. Sie würde Lewis zurückholen. Sie würde. Irgendwie.

Lottie blickte sich in dem Büro um und seufzte wieder. Sie verspürte nicht die geringste Lust, irgendwelche Sportsachen zu sortieren. Sie ließ sich in Hagglers Drehsessel fallen und betrachtete den unordentlichen Schreibtisch; dann suchte sie Bleistifte und ein paar vergilbte Blatt Papier aus dem Durcheinander heraus. „Mir ist jetzt nach ein paar Runden Stadt-Land-Fluss, machst du mit?"

Alice riss die Augen auf und spähte wieder nervös in die Sporthalle hinüber, wo noch immer Völkerball gespielt wurde. „Ich glaube", flüsterte sie, „das gibt Ärger."

Lottie zeichnete bereits die Tabellen auf. „Wen kümmert's?", schnaubte sie. Alice blickte gleichzeitig schockiert, ängstlich und schwer beeindruckt.

„Verstehst du jetzt, was ich meine?", murmelte sie und ließ sich in den anderen Sessel fallen. „Ich könnte nie so mutig sein wie du."

Lottie zwinkerte ihr zu. „Ach was! Du musst bloß wollen! Los, spielen wir."

Bevor sie wussten, wie ihnen geschah, war der Sportunterricht vorbei. Jede hatte sechsmal gewonnen, und sie waren Freundinnen geworden. Als Lottie das kleine Büro verließ, fühlte sie sich wieder ein bisschen stärker. Lewis wird Alice mögen, dachte sie, während sie mit ihr zusammen ins Klassenzimmer zurückging. Aber der Gedanke an Lewis tat ihr so weh, dass sie Bauchweh bekam.

In der Mittagspause – draußen auf dem Hügel vor dem Klassenzimmer – gesellte sich Alice wieder zu ihr. Lottie warf ihrer stillen neuen Freundin einen kurzen Blick zu. Sie war froh, nicht reden zu müssen, denn in Gedanken war sie in Lichtland. Sie saß einfach nur da, starrte auf die Ziegelsteinmauern und knabberte, statt an ihrem Pausenbrot, an dem kleinen Radiergummi am Ende ihres Bleistifts. Als der Radiergummi herausbrach, schmeckte sie den bitteren Blechgeschmack seiner Einfassung und dachte: Gut. Das passte zu ihrer Stimmung. Alice verspeiste währenddessen drei kleine, dünne Erdnussbutter-Brote.

Gleich nach dem Essen musste Alice nach Hause, um ihren Eltern zu helfen. So kam es, dass Lottie für den Rest der Pause ganz allein auf einem Schaukelbrett saß. Hin und wieder stieß sie sich mit den Zehenspitzen vom Boden ab und schaukelte ganz sacht vor und zurück. Es war ein wunderschöner Herbsttag. Die Wolken leuchteten bauschig und weiß am blauen Himmel. Lottie bemerkte es nicht.

Sie hielt Lewis' Notizbuch ganz fest in der Hand. Seine Zeichen – waren sie eine Botschaft, ein Hinweis? Sie zog es aus der Tasche und starrte die Schnörkel und Kritzel an und versuchte, sie zu verstehen, bis ihr der Kopf wehtat. Tief in ihr flüsterten Umbers Worte: „Versuch, es nicht zu versuchen ..." Aber wie sollte sie Lewis helfen, wenn sie es nicht einmal versuchte?

„Was ist los mit dir, Charlotte?"

Lottie erschrak so, dass sie beinahe von der Schaukel fiel. „Was? Nichts, ich bin nur ..." Lottie rang um Fassung und setzte sich wieder zurecht. „Es ist nichts, Miss d'Avignon, wirklich." Sie versuchte ein Lächeln, das gründlich misslang.

„So", sagte die Lehrerin. „Und Lewis ist immer noch fort."

„In Peoria. Bei seiner Tante. Die lebt dort. Und Lewis und seine Mutter mussten Hals über Kopf hinfahren." Lottie spürte, dass ihr Gesicht wieder tomatenrot glühte.

„Richtig, das hast du mir ja erzählt. Und schon beim ersten Mal habe ich mich gefragt, wo Lewis wohl wirklich steckt."

Lottie starrte sie an. Für einen winzigen Moment geriet sie in Panik. Sie stieß sich vom Boden ab und drehte sich mit dem Schaukelsitz im Kreis, immer rundherum, bis sich die Ketten über ihr zu einem einzigen festen Bündel verknoteten.

„Charlotte, ich erwarte von dir, dass du mir sagst, wo er ist."

Mit diesen Worten ging Miss d'Avignon einfach davon. Lottie zog die Beine hoch. Die verdrehten Ketten des Schaukelsitzes wickelten sich rasend schnell ab, und sie kreiselte wie wild um die eigene Achse, bis der Schwung allmählich nachließ.

Als es endlich drei Uhr läutete und alle Schüler ihre Taschen packten und zur Tür stürmten, bat Miss d'Avignon Lottie, noch kurz im Klassenzimmer zu bleiben. Lottie schluckte hart und setzte sich wieder.

Sie fragte sich, was ihre Lehrerin von ihr erwartete. Die

Wahrheit? *Äh, ja, Lewis ist in einer anderen Welt verschollen. Wo? Na ja, sie befindet sich in einem kleinen, hölzernen Kästchen, das ich unter meinem Kopfkissen versteckt habe. Ach ja, und übrigens, soviel ich weiß, wird er nie wieder zurückkommen.* Lottie fröstelte und schloss die Augen, während sich rings um sie her das Klassenzimmer leerte.

„Also gut. Reden wir miteinander?", erkundigte sich Miss d'Avignon.

Lottie nickte und versuchte zu lächeln, doch sie brachte nur eine Grimasse zu Stande und sah aus wie jemand, der schlimmes Bauchweh hat.

„Ich mache mir Sorgen, Charlotte."

Und plötzlich wusste Lottie, dass es sinnlos war, zu lügen. Ihre Lehrerin sah ihr bis ins Herz hinein, außerdem konnte sie Gedanken lesen. Aber diese Wahrheit war so ... heikel, so schwer zu erklären.

Also starrte sie nur schuldbewusst auf ihre Schuhe und sagte nichts.

„Ich verstehe." Miss d'Avignon blickte sie traurig an. „Was hältst du davon, wenn ich dich heute nach Hause begleite?"

Auf dem ganzen langen Heimweg trottete Lottie schweigsam neben Miss d'Avignon her. Sie fühlte sich am Boden zerschmettert. Ohne Lewis würde nichts mehr so sein wie früher. Wenn ich jemals wieder nach Lichtland komme, nahm sie sich vor, dann bleibe ich für immer bei ihm.

„Kopf hoch, Charlotte", sagte ihre Lehrerin ruhig, als sie schließlich in den geschotterten Weg einbogen, der zum

Haus der Cooks führte. „Nichts ist so düster, wie es auf den ersten Blick aussieht. Und Davonlaufen ist auch keine Lösung."

Lottie bemerkte kaum, dass Miss d'Avignon einmal mehr ihre Gedanken gelesen hatte. Vielleicht gewöhnte sie sich bereits daran. Oder möglicherweise war sie auch einfach nur zu betrübt, um sich darum zu kümmern. Sie kamen an den hohen Sonnenblumen vorbei, die Lottie vor vielen Monaten gepflanzt hatte und in deren großen Blütenköpfen dutzende von Feldvögeln ein Fest feierten. Dann stiegen sie die ausgetretenen Stufen zur Veranda des Hauses empor. In genau demselben Augenblick drückte Lotties Vater die Fliegengittertür auf, kam heraus und begrüßte sie.

Den nächsten Moment vergaß Lottie ihr ganzes Leben lang nicht mehr. Jede noch so winzige Kleinigkeit brannte sich in ihr Gedächtnis ein, und die ganze Welt drehte sich einige Minuten lang wie in Zeitlupe weiter.

Ihr Vater trug einen seiner staubigen blauen Overalls, offenbar hatte er etwas gebaut. In der linken Hand hielt er einen Hammer. Die rechte streckte er Miss d'Avignon entgegen. Zwischen seinen Zähnen klemmte ein Nagel, der in der Nachmittagssonne glitzerte, als er lächelte. Seine blassblauen Augen funkelten verschmitzt.

Miss d'Avignon lächelte zu ihm hinauf. Ihre sonst so wachsamen grünen Augen blickten anders als gewöhnlich. Auch sie streckte nun die Hand aus.

Und als Eldon Cooks lange, dünne Finger Margo d'Avignons wunderschön geformte Finger berührten, sprühten blaue Funken und umwirbelten ihren Händedruck.

Niemand außer Lottie bemerkte etwas. Das Händeschütteln dauerte nur einen Sekundenbruchteil länger als nötig; dann verpufften die Funken mit einem Knistern, und Mr Cook bat Lottie und Miss d'Avignon, hereinzukommen und ein Glas Limonade mit ihm zu trinken.

Ein kleiner Freund

Lewis und Zerox kauerten dicht aneinander gedrängt in einem Gestrüpp und spähten durch schmutzig graue Abgaswolken zu der Windmühle hin.

Der Nachtkönig war sein Vater!

Es gab keinen Zweifel. Lewis hatte sein Gesicht ganz deutlich gesehen, und alle seine frühen Erinnerungen purzelten ihm durch den Kopf. Der Mann war eindeutig sein Vater. Der abwesende Blick seiner Augen, an den Lewis sich erinnerte, hatte sich in ein eisiges, durchdringendes Starren verwandelt. Das einst schwermütige Gesicht war nun zu einer grausamen, höhnischen Fratze verzerrt. Hässliche Narben zeichneten es. Aber er war es.

Wie konnte das sein? Wie war das passiert? Es musste an jenem lange zurückliegenden Tag geschehen sein, damals, als sein Vater aus der Windmühle verschwunden war. Aus der Windmühle und seiner Welt. Und nun war er der Nachtkönig, ein lebender Albtraum. Er streifte bei Nacht umher und versetzte ganz Lichtland in Angst und Schrecken. Und er ist mein Vater, dachte Lewis in einer Woge aus Abscheu.

Alles in seinem Kopf drehte sich. Seine Hände zitterten, sein Magen verwandelte sich in einen festen Knoten. Was bedeutete dies für seine eigene Zukunft? Sein Vater war niemals aus Lichtland zurückgekehrt. War also auch er für alle Zeit hier gefangen?

Die Bewohner Lichtlands behaupteten, der Nachtkönig habe keine eigene Lebensgeschichte, keine Erinnerungen, aber Lewis wusste, dass das nicht stimmte. Es gab eine Vergangenheit seines Vaters. Er wusste um Begebenheiten aus dessen Kindheit, die ihm sein Großvater erzählt hatte. Oder Dinge, die er als kleiner Junge selbst mit ihm zusammen erlebt hatte. Waren diese Erinnerungen wirklich alle aus dem verdrehten Verstand seines Vaters verschwunden?

Lewis richtete sich auf und rannte. Er rannte länger als je zuvor in seinem Leben. Er wollte nur fort von hier, so weit wie möglich. Die Hunde jagten in großen Sätzen hechelnd neben ihm her. Irgendwann brach Lewis vor lauter Erschöpfung zusammen. Er hatte Seitenstechen, sein Herz hämmerte wie verrückt.

Er konnte die Windmühle nicht mehr sehen. Lewis atmete so tief wie möglich und versuchte, sich auf das zu konzentrieren, was als Nächstes zu tun war.

Vielleicht spürten die Hunde Lewis' Traurigkeit. Einer von ihnen leckte ihm die Hand und stupste ihn mit dem Kopf an. Er war froh, sie bei sich zu haben. Dann sah Lewis zum ersten Mal auf und entdeckte, dass er in einem riesigen Gestrüpp aus dornigen Büschen gelandet war. Blinzelnd sah er genauer hin. Brombeeren! Er liebte Brombeeren! Er stürzte sich darauf, denn mittlerweile erinnerte er sich auch daran, dass er seit dem Abendessen bei Lottie, das mindestens tausend Jahre her zu sein schien, nichts mehr gegessen hatte. Selbst als wesentlich weniger Brombeeren an den Ranken hingen, fühlte er sich noch hungrig, allerdings ging es ihm jetzt eindeutig besser als zuvor.

Nun mochte man meinen, dass dies auch Lewis' Stimmung verbessert hätte. Doch genau das Gegenteil traf zu. Sein Magen knurrte nicht mehr – das war wunderbar; aber nun konnte sich sein Verstand voll und ganz dem weit größeren Problem widmen.

Und so kam es, dass Lewis dasaß, sich Brombeersaft von den Händen rieb und in immer tieferer Hoffnungslosigkeit versank.

Er hatte das Gefühl, sich nicht mehr rühren zu können. Er war so durcheinander, und ihm ging es so elend, dass er einfach nur dahockte und vor sich hin starrte. Er sah das weite Land und die Reifenspuren, die das ungeheuerliche Gefährt seines Vaters, des Nachtkönigs, in den Boden gegraben hatte, und nahm doch kaum etwas davon richtig wahr.

Auch dass ihn eine kleine braune Maus aus sicherer Entfernung beobachtete, merkte Lewis zuerst einmal nicht. Um genau zu sein: Er starrte geradezu durch das winzige Tierchen hindurch. Es dauerte lange, bis Lewis begriff, dass ihm jemand winkte.

Eine Pfote war schüchtern erhoben, und ein kleines Köpfchen nickte aufgeregt.

Lewis winkte halbherzig zurück. Er kam sich dumm vor, aber die Maus war entzückt und nickte nun sogar ganz begeistert. Dann deutete das Geschöpf eine Art Verbeugung an und zog sich ein paar Schritte weit zurück. Lewis richtete sich neugierig etwas auf. Die Zerox-Hunde hoben den Kopf und erblickten die Maus, doch sie schienen nichts gegen sie zu haben.

Lewis' Gedanken überschlugen sich, er ließ den kleinen Gesellen nicht mehr aus den Augen. Der trippelte nervös vor und wieder zurück und nickte ihm immer wieder auffordernd zu. Lewis krabbelte auf Händen und Knien zu ihm und überragte das winzige Tier dennoch wie ein Gebirge. Die Hunde beobachteten Lewis und die Maus gespannt. Er kratzte sich am Kopf. So, wie es aussah, gab es hier nichts, was es nicht gab.

Die Maus schaute ihn flehend an. Lewis schüttelte sich ein bisschen, um sicherzugehen, dass ihm seine Augen keinen Streich spielten. Nein. Das hier passierte wirklich. Also gut, dachte er. Ich kann für den Rest meines Lebens hier im Unkraut hocken und mich verstecken, oder ich kann etwas unternehmen. Er atmete tief ein und beschloss, der Maus zu folgen, da sie das so offensichtlich von ihm erwartete.

Was, wenn sie zu den Dienern des Nachtkönigs gehört, überlegte er, als er sich aufrichtete und den ersten Schritt tat. Zu den Labornagern? Vielleicht hat er sie alle losgeschickt, um mich zurückzulocken.

Aber Lewis fand, dass diese Maus ein ziemlich nettes Gesicht hatte. Ein ernstes, aber vertrauenswürdiges Gesicht. Und deshalb folgte er ihr.

Einmal führte sie ihn an einer Grube vorbei, in der bis vor kurzem ein gewaltiges Feuer gebrannt haben musste.

Auf dem Boden schwelte noch die Glut. Rauchschwaden waberten empor und trugen einen grässlichen Gestank mit sich. Lewis war froh, dass er nicht mehr im Magen hatte, sonst hätte er sich wohl übergeben. Die Maus änderte die Richtung und beeilte sich hektisch, so viel Abstand wie nur möglich zwischen die Grube und sie zu bringen. Erst viel, viel später führte sie Lewis wieder auf den Pfad zurück, dem sie ursprünglich gefolgt waren.

Lewis blickte sich aufmerksam um. Ringsum wuchsen nur wenige zerrupfte Büsche, und direkt hinter ihnen bemerkte er auf einmal flackernde Erscheinungen.

Seine frühen Erinnerungen tanzten geisterhaft um ihn her, genau wie bei Lottie. Doch wo sie flimmernde Bilder aus einer glücklichen Kinderzeit gesehen hatte, gab es für Lewis nur kurze, schattenhafte Eindrücke von einem beinahe vergessenen Vater.

Dann blieb die Maus jählings stehen.

Wild nickend deutete sie nach unten. Der Boden war hier mit dichtem Unkraut und niedrigem Gestrüpp bewachsen, in dem die Maus nun plötzlich verschwand, um gleich darauf genauso unvermittelt wieder aufzutauchen. Lewis starrte sie verblüfft an, und sie führte ihren Trick noch einmal vor, wobei sie wie wild mit den Pfoten herumfuchtelte. Lewis verstand und nickte ihr zu. Die Maus hatte ihn zu einem mit Gras und Unkraut getarnten Einstieg geführt.

Schon tauchte sie erneut in das Gestrüpp ein, nur die kleine Pfote ragte noch heraus und gab Zeichen. Lewis stocherte mit seiner Stiefelspitze an der Stelle herum –

natürlich sehr vorsichtig, um seinen Führer nicht zu zerquetschen. Unter dem Unkraut klaffte ein Abgrund. Lewis kauerte sich nieder und tastete umher, bis er den Rand des Einstiegs gefunden hatte, dann setzte er sich auf den Boden und schob die Füße langsam durch das Tarnmaterial. Seine Knöchel verschwanden in der Erde, dann folgten seine Beine; schließlich ergriff er einen stabil aussehenden Ast und ließ sich ganz hineingleiten.

Er hing an einer sehr steilen Wand oberhalb eines engen, felsigen Hohlweges. Dieser Weg – eigentlich war es eher eine Schlucht – verlief von Norden nach Süden. Vor allem jedoch schien er nach unten zu führen. Durch das Dach aus Gras und Gestrüpp fiel etwas Licht ein. Mit einem Frösteln beglückwünschte sich Lewis, dass er nicht gerade hier blindlings durch die Gegend gerannt war. Dieser Graben war mehr als nur eine harmlose kleine Stolperfalle: Jemand, der hier hereinstürzte, konnte sich das Genick brechen!

Die Maus stieß ein leises Quieken aus, wackelte auffordernd mit dem Hinterteil und rutschte an der Wand entlang nach unten. Die Zwillingshunde streckten den Kopf durch das Gestrüpp und winselten unglücklich. Hierher konnten sie ihm unmöglich folgen. Lewis kraulte sie sanft hinter den Ohren. Ich werde zurückkommen, dachte er und sah sie ganz fest an, sodass sie es in seinen Augen lesen konnten. Nur keine Angst, wir werden uns nicht noch einmal verlieren.

Die Hunde schienen jedes Wort zu verstehen. Sie leckten Lewis liebevoll über die Wangen, winselten ein letztes

Mal, zogen den Kopf aus dem Gestrüpp heraus und waren verschwunden.

Die Maus piepste weit, weit unten. Lewis holte wieder tief Luft, drehte sich unbeholfen herum und schlitterte ebenfalls die felsige Wand hinab. Er dachte: Hoffentlich überhole ich den Kleinen nicht.

Es dauerte lange, bis die Gefährten ganz unten ankamen, und als es endlich geschafft war, hatte Lewis das Gefühl, niemals wieder sitzen zu können. Doch das war seine geringste Sorge. In ihm hatte sich pures Entsetzen breit gemacht. Ihm war durch und durch kalt, seine Hände bebten vor Angst. Der Boden der Schlucht war schlammig, und es roch fürchterlich hier unten. Lewis konnte kaum richtig atmen. Er schnappte nach Luft.

Im Nu war er auf den Füßen und stellte fest, dass die Wände der Schlucht ihn fast berührten, so eng war sie. Er hätte sich ohrfeigen können dafür, dass er so vertrauensselig in diese offensichtliche Falle getappt war. Er keuchte krampfhaft. Luft, er brauchte mehr Luft. Immer noch starrte er auf die Maus zu seinen Füßen, und plötzlich erkannte er, dass sie genauso entsetzt war wie er, dass sie genauso zitterte. Das frostige Gefühl in ihm begann zu schmelzen. Ein winziger Hoffnungsfaden verband ihn mit dem verängstigten Geschöpf.

Die Maus huschte los, und er folgte ihr. Sie marschierten stundenlang. Es war eine mühsame Angelegenheit. Wasser tropfte aus dunklen Höhen herab, das Felsgestein war rutschig, und von einer Maus geführt zu werden kostete viel Geduld und noch mehr Umsicht. Lewis hatte längst jede Orientierung verloren. Mehrfach schlug er sich den Kopf an Felsvorsprüngen. Am meisten quälte ihn jedoch der Verdacht, dass er möglicherweise genau jenen Weg zurückgeführt wurde, den er in seiner stürmischen Flucht am Vormittag hinter sich gebracht hatte. In seiner Verzweiflung war er fast sicher, geradewegs in die Folterkammer des Nachtkönigs zu marschieren.

Gewissermaßen tat er das wirklich.

Die tiefe Schlucht veränderte sich mehr und mehr und war schließlich nur noch ein Tunnel. Trübes Wasser sickerte aus dem Boden. Lewis' Stiefel und Strümpfe waren völlig durchweicht. Ein grünliches Glühen erfüllte die Luft. Es war das gleiche unheimliche Licht, das er gestern Nacht im Innern der Windmühle gesehen hatte. Irgendwo hoch über sich glaubte er, das Stöhnen der Windmühlenflügel zu hören. Sein Mut verließ ihn mit jedem Schritt ein wenig mehr, trotzdem ging er weiter. Im Dämmerlicht vor ihm piepste gelegentlich sein kleiner Führer – vielleicht war das seine Art, ihm Mut zuzusprechen oder anzuzeigen, dass die Richtung noch stimmte.

Lewis dachte nun immer häufiger daran, einfach umzudrehen und, so schnell es nur ging, zurückzurennen; doch wenn er ehrlich war, sah er nicht so recht, was ihm das hätte helfen können. Also konnte er genauso gut einfach weiter geradeaus gehen.

Und dann hörten sie das Kratzen und Wispern in der Decke über sich. Ratten. Oder Mäuse. Unzählige winzige Füße trippelten dort umher. Die kleine Maus sah zu Lewis zurück und rollte die Augen nach oben, als wolle sie sagen: „Hörst du die anderen?“ Lewis nickte misstrauisch. Siedend heiß fiel ihm ein, dass er in diesem Mäuse- oder Rattentunnel bisher noch keinen einzigen anderen Nager zu Gesicht bekommen hatte. Das konnte ein gutes Zeichen sein ... oder höchst verdächtig. Er holte tief Luft und beschloss, seinem kleinen neuen Freund zu vertrauen.

Das änderte alles. Oh, sie kämpften sich noch immer durch diesen stinkenden, abscheulichen Tunnel voran, sie tappten noch immer zweifellos in ihr Verderben, aber sie taten es gemeinsam. Lewis' Stimmung hellte sich beträchtlich auf. Es war verrückt, aber genau daraus, dass er sein Schicksal ganz in die Hände dieser kleinen, verletzlichen Maus gelegt hatte, schöpfte er neue Kraft.

„Freund?“

Lewis erkannte erstaunt, dass sein winziger Führer zu ihm sprach. „Über uns ist er. Der Eine, den du suchst.“

Was meinte er damit? Lewis hatte den Nachtkönig keine Sekunde lang gesucht, oh nein. Im Gegenteil, er wollte so weit wie nur irgend möglich von ihm wegkommen.

Wollte er das wirklich?

Die Maus nickte immer weiter und wiederholte: „Der Eine, den du suchst ...“ Und etwas geschah. Lewis nickte ebenfalls. Plötzlich begriff er mit seltsamer Gewissheit, dass er tatsächlich nach seinem Vater gesucht hatte. Die Maus hatte Recht. Er wollte ihn finden, wollte ihm von Angesicht zu Angesicht gegenübertreten. Seine Angst vor dem Nachtkönig wandelte sich, bis er es kaum mehr erwarten konnte, ihn zu treffen.

Er, Lewis Weaver, war hier, weil er diese Welt verändern

konnte. Vielleicht gelang es ihm, etwas Gutes in jenem Mann anzurühren, der vor so langer Zeit einmal mit Lewis' Mutter verheiratet gewesen war. Erstaunt über sich selbst, lächelte er im Dunkeln und schritt viel zügiger aus.

„Kümmere dich zuerst um den Schleier", fiepte die Maus gedämpft.

Lewis legte fragend den Kopf schräg.

„Ich werde dir bei der Suche helfen, aber die Gefahr ist groß."

Lewis verstand kein Wort. Er schüttelte verwirrt den Kopf.

„Der Schleier. Der dunkle Schleier. Der Schleier des Vergessens", haspelte die Maus aufgeregt. Sie schien sehr überrascht, dass Lewis sie nicht verstand. „Darin wickelt er die Schläfer ein ... er, der Nachtkönig. Er wickelt sie in den Schleier ein, bis ihre Augen ganz leer sind."

Lewis furchte die Stirn und rief sich in Erinnerung, was man Lottie erzählt hatte. Er dachte an die Flüsterstimmen in der Windmühle, an die gestohlenen Erinnerungen.

„Ja", bestätigte der kleine Nager, der seine Gedanken zu lesen schien. „Ohne den Schleier wird er schwach. Alle denken das."

Lewis starrte ihn an. Das konnte nicht seine Aufgabe sein! So etwas passte viel besser zu Lottie. Sie war die Mutige.

„Wir müssen den Schleier vernichten."

Lewis ertappte sich dabei, dass er nickte, ohne auch nur die geringste Idee zu haben, wie er diese Wahnsinnstat vollbringen sollte.

„Aber du musst den richtigen Schleier finden, den Einen ...“, betonte sein neuer Freund ernsthaft.

Lewis verzog das Gesicht. Er folgte dem Kleinen, als der über die glitschige Felswand nach oben kletterte.

„Da oben sind viele.“ Die Stimme der Maus war kaum lauter als das Geräusch von Wassertropfen auf Stein. Lewis musste sich anstrengen, seinen Gefährten zu hören.

„Er vertraut niemandem, der Nachtkönig, nicht einmal seinen Ratten. Er hat viele Schleier gemacht, um zu verhindern, dass man ihn bestiehlt. Wir müssen achtsam sein, wir dürfen nur den Einen, den Richtigen nehmen. Die falschen Schleier bergen andere Gefahren.“

Die Maus schwieg, und bald darauf erreichten sie einen in den Fels geschlagenen, höhlenartigen Raum. Die Maus trippelte hinein, und Lewis folgte ihr auf Händen und Knien und stellte überrascht fest, dass er genügend Platz fand. Er konnte aufrecht sitzen, und wenn er sich gegen die Wand lehnte, war es sogar verblüffend gemütlich.

„Hier rasten wir für die Nacht.“ Lewis schüttelte den Kopf. Er war so aufgeregt, dass sein Blut wie ein Wasserfall durch seine Adern brauste. Unmöglich, jetzt einzuschlafen.

„Horch!“, piepste die Maus. In weiter Ferne schlug eine Glocke zwölfmal. „Mitternacht.“

Lewis konnte kaum glauben, dass es schon so spät war. Einen ganzen Tag sollten sie unterwegs gewesen sein? Ohne eine einzige Pause? Und seit dem Abend bei Lottie hatte er nichts außer ein paar Brombeeren gegessen! Prompt meldete sich sein Magen – mit einem lauten, hungrigen Grummeln. Die Maus lächelte breit.

„Das ist unser Versteck. Aus dem Stein genagt von den Wahrhaftigen Mäusen." Der Kleine warf sich stolz in die Brust. „Sogar du passt rein."

Lewis nickte und lächelte. Plötzlich entspannten sich seine Muskeln. Er war müde – also doch.

Sein Freund war zufrieden. „Ich bin eine Wahrhaftige Maus, Oktober nennt man mich. Ich hab dich beobachtet, letzte Nacht, hab gesehen, wie du in die Festung eingedrungen bist. Ich wusste, du wirst uns beistehn."

Lewis neigte den Kopf, um zu zeigen, dass er erfreut war, den Namen der Maus – beziehungsweise des Mäuserichs – zu erfahren. Beinahe hätte er gesprochen und sich ebenfalls vorgestellt, doch er stellte fest, dass er es nicht konnte. Er wünschte, Lottie wäre da gewesen, um für ihn zu sprechen ... so, wie sie es sein ganzes Leben lang getan hatte.

„Schlaf jetzt. Morgen werden wir keine Rast einlegen können!" Oktober, die Wahrhaftige Maus, rollte sich an Lewis' Bein zusammen. Lewis musste schmunzeln. Es war beinahe behaglich. Er schloss die Augen nicht – natürlich nicht –, doch er schlief. Er schlief die ganze Nacht.

Lewis erwachte einige Stunden später, weil er ein leichtes Kratzen an seinen Fingern spürte. Oktober saß auf seiner Handfläche und sah ihn mit einem ganz sonderbaren Gesichtsausdruck an.

Lewis erwiderte den Blick.

„Es ist also wahr", hauchte Oktober. „Was sie über deine Augen sagen. Du schläfst nicht. Wie er." Der Mäuserich starrte ihn noch immer an, seine Barthaare zitterten.

Lewis gähnte und schüttelte sanft den Kopf. Natürlich schlief er. Genau das hatte er bis zu diesem Moment getan.

Oktober war nicht überzeugt. Nun, da er gesehen hatte, wie Lewis schlief, wirkte er zurückhaltender. Beinahe ehrfürchtig. Er hastete zum Ausgang der kleinen Höhle und spähte an der steilen Felswand entlang nach oben. „Wir sollten jetzt aufbrechen. Es ist höchste Zeit."

Allein der Gedanke daran, sich bewegen zu müssen, erfüllte Lewis mit Abscheu. Er fühlte sich zwar überraschend ausgeruht, doch die lange Wanderschaft des vergangenen Tages hatte ihm einen fürchterlichen Muskelkater beschert. Tapfer stemmte er sich in eine sitzende Stellung hoch – und sank augenblicklich erbärmlich seufzend wieder an die Höhlenwand zurück.

„Wir müssen gehen. Und leise", drängte Oktober.

Lewis nickte und schleppte sich auf allen vieren zum Höhlenausgang. Der Mäuserich kletterte bereits behände in die Höhe. Lewis setzte sich an den Rand des Abgrunds, streckte die Füße aus, wackelte in den Stiefeln mit den Zehen und reckte die Arme über den Kopf. Frostige Aufregung kribbelte in seinen Adern, als er sich ebenfalls wieder an den Aufstieg machte.

Was würde dieser Tag bringen?

Die beiden kletterten schweigend. Der kaminähnliche Spalt, durch den sie sich empormühten, wurde enger, und die Luft veränderte sich. Es fiel ihm immer schwerer, zu atmen, doch er versuchte, Ruhe zu bewahren, und kletterte und stieg und schob sich weiter. Dann, ganz plötzlich, glaubte er, auf der anderen Seite der Wand etwas zu hören. Hinter der Mauer schien eine unheimliche Betriebsamkeit zu herrschen. Ja, da war es wieder. Er konnte etwas hören!

Er pochte sacht gegen die Wand, um Oktober darauf aufmerksam zu machen.

„Schschttt!“ Oktobers Zischen war kaum vernehmlich. „Nicht, Freund! Stille muss um uns sein!“

Doch Lewis wollte wissen, was das für Geräusche waren, er wollte wissen, wo sie sich befanden. Er tippte ein weiteres Mal – nachdrücklicher jetzt –, und ein kleiner Splitter löste sich von der Wand und fiel klappernd in die Tiefe.

„Oder wir sterben!“, fügte der Mäuserich rau hinzu. Damit war die Diskussion beendet. – So lautlos wie irgend möglich kletterten sie weiter, höher und höher hinauf, bis eine gewaltige Steinplatte über ihnen jedes Weiterkommen unmöglich machte.

Auf einem schmalen Gesims dicht unter der Abdeckung hielten sie an. Beinahe im selben Moment entdeckte Lewis einen grünlich glühenden Spalt in der Wand. Er erhellte ihre Gesichter, und Lewis sah, dass der Mäuserich ihm aufmunternd zunickte. Für Oktober war der Riss groß genug – und tatsächlich verschwand er auch bereits darin. Und tauchte gleich darauf wieder auf. So ging es mehrmals hin und her, wie am Tag zuvor, an dem geheimen Einstieg der Schlucht. Nur, wie sollte Lewis hier durchkommen?

Oktober zeigte es ihm, indem er tat, als stoße er die Ränder des Spalts beiseite. Lewis kam sich lächerlich vor, doch gehorsam stemmte er sich mit aller Kraft gegen den Riss. Nichts geschah. Oktober fuchtelte hektisch.

Der Mäuserich zeigte auf Lewis' Kopf, pochte sich gegen die eigene kleine Brust, nickte und zeigte wieder ... Plötzlich begriff Lewis. Zuerst musste er daran glauben, dass er es vollbringen konnte, dann würde er es auch vollbringen. Er musste zutiefst davon überzeugt sein, dass es geschah, und es würde geschehen.

Er holte tief Luft. Er sah sich selbst, sah, wie er durch diesen Durchgang kletterte. Es wird funktionieren, sagte er sich, ich komme da durch, denn ich muss da durchkommen. Dieser Spalt würde sich für ihn auftun, denn er wollte, dass es geschah.

Und es geschah.

Dieses Mal weitete sich der Riss bereits unter der geringsten Berührung und wurde größer und größer, bis Lewis mühelos hindurchpasste. Doch sobald sie auf der anderen Seite ankamen, schloss sich der Spalt wieder.

Lewis blinzelte.

Sie waren in eine steinerne Kammer gelangt, die von einem seltsamen grünen Strahlen erleuchtet wurde. Lewis konnte kein Fenster entdecken, aber das Licht war so gleißend, dass er Kopfschmerzen davon bekam. Es roch nach Moder. Um sie herum waren hunderte und aberhunderte fein gewobener Stoffe aufgehäuft ... Tücher und Umhänge und Mäntel und Beutel jeder Größe und Form.

Es gab handvernähte Ledertaschen und grob geflochtene Seile, Bettlaken und Kissenbezüge aus Seide und Satin, es gab riesengroße Mehlsäcke und Säcke aus schwerem

Gobelin und solche, die an Kettenhemden erinnerten, schlichte Tücher und ausgefallene Stoffe, alte und nagelneue, schmutzige und saubere.

Und dort, inmitten dieses Haufens ausgestreckt, lag sein Vater.

Ein Irrtum war ausgeschlossen. Es war nicht gerade so, als würde Lewis in einen Spiegel schauen, doch es konnte keinen Zweifel geben. Er spürte eine Woge eiskalter Angst über sich zusammenschlagen und starrte doch immer weiter auf das derbe Narbengesicht hinab.

Der Nachtkönig blickte geradewegs in seine Richtung. Seine grauen Augen flackerten, doch sein Kopf war zur Seite gesunken, seine Lippen seltsam schlaff. Genau so hatte Lottie nur zu oft ihn selbst beschrieben – Lewis wusste genau, was das bedeutete.

Der Nachtkönig schlief.

Erinnerungen

Obwohl längst keine blauen Funken mehr zu sehen waren, konnte Lottie die Augen nicht von Miss d'Avignon lassen, als sie alle zusammen am Küchentisch saßen. Ihrem Vater erging es kaum anders. Die Lehrerin hingegen blickte sich interessiert um, und ihr entging gewiss keine noch so winzige Kleinigkeit.

Sie schaute flüchtig zum gegenüberliegenden Ende des Flurs, dessen Wände so merkwürdig verzogen und bucklig wirkten und in dem es weit mehr Türen als tatsächlich möglich zu geben schien. Sie sah zum Fenster hinaus auf die Gartenbeete, in denen genügend wuchs, um die Familie Cook samt Lewis Weaver zu ernähren. Und sie blinzelte den Sonnenstrahlen hinterher, die durch die Fenster einfielen. Das Licht tanzte über eine Sammlung von Schwarz-Weiß-Fotografien in mattierten Bilderrahmen. Auf einer dieser Aufnahmen war ein hochgeschossener Mann zu sehen. Er wirkte so gebieterisch, so selbstständig, so sehr wie Lottie, dass Miss d'Avignon beinahe laut auflachte. Beinahe. Tatsächlich begnügte sie sich mit einem Schmunzeln.

Während Mr Cook ihnen eisgekühlte Limonade einschenkte, erkundigte sich Miss d'Avignon wieder nach Lewis.

Lottie wurde schneeweiß. Plötzlich kam es ihr in der Küche unerträglich stickig vor. Sie kaute auf ihrer Unterlippe herum und starrte die Erwachsenen an. Miss d'Avignon starrte zurück und wartete. Lottie schlug den Blick nieder.

Ihr Vater blinzelte verständnislos. „Lewis?", fragte er.

„Ja, Lewis ...", bestätigte die Lehrerin sanft und ließ Lottie nicht aus den Augen.

Mr Cook räusperte sich. „Der musste doch nach Peoria, weil seine –" Nun fiel auch ihm der schuldbewusste Ausdruck auf dem Gesicht seiner Tochter auf. „Oder etwa nicht?" Lottie konnte nicht mehr lügen. Sie schüttelte den Kopf.

Sie war überrascht, wie leicht sie sich danach fühlte. Sie konnte wieder atmen. Die beiden Erwachsenen saßen nur da und warteten. Sie schimpften nicht, und sie drohten nicht, doch sie warteten. Lottie hatte keine Ahnung, wie sie anfangen sollte, oder wo. Sie wusste es einfach nicht. Bis sie einfach begann.

Nach vielen Gläsern Limonade und noch mehr prüfenden Blicken hin zu Miss d'Avignon entschied Lottie, es ihnen zu sagen.

Alles.

Sie holte das Geschichtenkästchen in die Küche und drückte es fest an sich, während sie erzählte. Anfangs rechnete sie damit, ausgelacht zu werden, aber sie redete weiter. Sie hielt den Blick gesenkt, sie starrte in das Kästchen hinein, spielte nervös daran herum ... und redete immer noch weiter und weiter. Sie war davon überzeugt, dass es ein Fehler war, Erwachsene – selbst diese Erwachsenen – in etwas so Geheimnisvolles einzuweihen. Jedes Kind wusste, dass Erwachsene nur das glaubten, was sie glauben wollten. Sie würden ihr sagen, sie habe alles nur geträumt oder sich eingebildet.

Aber an diesem Tag lernte Lottie, dass manche Erwachsene anders sind. Manchen Erwachsenen kann man vertrauen. Manche glauben, was man ihnen sagt.

Als sie alles erzählt hatte – von Lewis, dem Kästchen, dem Baum und dem Nachtkönig –, hörte sie ihren Vater einen von Herzen kommenden, zufriedenen Seufzer ausstoßen. Er streckte die Hand aus und tätschelte den Deckel des Kästchens. Er wirkte stolz und nachdenklich zugleich.

Miss d'Avignon ging zur Verandatür und schaute dorthin, wo früher einmal der Kirschbaum gestanden hatte. Beide Erwachsenen hatten ein außergewöhnliches Glimmen in den Augen. Ein Glimmen, das Lottie durchaus schon früher gesehen hatte – nur noch nie im Blick eines Erwachsenen.

„Fantastisch ...", sagte Miss d'Avignon leise. „Ich denke, ich wusste es die ganze Zeit ... Ich war mir fast sicher –"

„Also glauben Sie mir?", entfuhr es Lottie zittrig.

„Oh ja, natürlich!", antwortete Miss d'Avignon, die noch immer ins Freie starrte. „Es ist nur so furchtbar lange her. Lichtland ... Ich war damals auch elf Jahre alt!"

Lottie war wie betäubt. „Aber ... aber ...", stammelte sie mit schwacher Stimme. „Wie ist das möglich? Woher kennen Sie Lichtland?"

Sie drehte sich um und sah ihren Vater an, der seinerseits die Lehrerin anstarrte – gelinde überrascht zwar, aber kein bisschen betäubt. Er nickte. „Ja, Lichtland", stimmte er zu. „Ich war zwölf."

„Ihr wart beide dort?", rief Lottie fassungslos. „Waren *alle* schon einmal dort?"

„Nein, nein, ganz und gar nicht." Ihr Vater schmunzelte. „Deine Lehrerin hier mitgerechnet, kenne ich nur vier Menschen, die das geschafft haben."

„In unserer Welt finden nur sehr wenige Leute heraus, was für eine Macht ihre Erinnerungen in sich tragen", fuhr Miss d'Avignon fort. „So wie du. Und Lewis. Für euch und euresgleichen stehen die Verbindungstüren zwischen den Welten offen – manchmal ..."

„Und für Sie auch?", unterbrach Lottie.

„Ja, für mich auch." Miss d'Avignon nickte. „Und für deinen Vater. Dieses Kästchen ist wundervoll, Mr Cook. Wie sind Sie nur auf diese Idee gekommen?"

„Oh, die Idee war plötzlich einfach da, und sie kam mir richtig vor", erwiderte Mr Cook und wurde rot. Mein Vater wird doch sonst nie rot, dachte Lottie und starrte die beiden Erwachsenen mit gerunzelter Stirn an.

„Wenn Sie dieses Kästchen noch nie gesehen haben, wie können Sie dann von Lichtland wissen?", wandte sich Lottie wieder an ihre Lehrerin. „Lichtland ist doch in dem Geschichtenkästchen, oder etwa nicht?"

„Na ja, also, es gibt ziemlich viele Wege dorthin", sagte ihr Vater. „Aber das Kästchen ... das war meine Idee."

Miss d'Avignon nickte zustimmend. „Das Geschichtenkästchen ist eine wundervolle Brücke nach Lichtland. Das Kirschbaumholz ... Ich glaube, es ist sehr mächtig. Vermutlich, weil wichtige Erinnerungen damit verbunden sind, Erinnerungen von dir und von deiner Mutter."

„Und von mir", warf Lotties Vater mit einem Lächeln ein.

In Lotties Kopf drehte sich alles. Sie verstand überhaupt nichts mehr. „Wollt ihr damit sagen, dass Lichtland nur ... nur aus Erinnerungen besteht? Dass es Lichtland gar nicht wirklich gibt? Das kann nicht sein!"

„Nur aus Erinnerungen!" Miss d'Avignon schien klar zu werden, dass hier eine Belehrung vonnöten war. „Nein! Sicher nicht! Du hast völlig Recht: Lichtland ist Wirklichkeit. Lichtland ist bis in die winzigste Kleinigkeit so wirklich wie unsere Welt, aber auch vollkommen anders. Es sind zwei Welten, wie sie unterschiedlicher nicht sein könnten, zwischen denen es aber dennoch Verbindungen gibt. Magische Verbindungen, könnte man vielleicht sagen. Alte Geschichten und Erinnerungsfetzen, die andernfalls verloren wären, sind oft eine Art Türöffner zwischen den Welten.

Und was nun das Böse in Lichtland betrifft: Eine dunkle Macht gibt es dort seit eh und je, schließlich sind viele Erinnerungen einfach grauenvoll. *Nunc lux, munc nox ...*"

Lottie starrte gedankenverloren ins Leere und murmelte: „Nun ist es Licht, und plötzlich Nacht ... Ich hab's bis jetzt nicht verstanden."

Ihr Vater nickte bedächtig. „Erinnern und vergessen ist wie Tag und Nacht ... In Lichtland ist das der alles entscheidende Kampf: Tag oder Nacht, sich erinnern können – oder vergessen, und damit vergessen werden und vergehen."

„Glaubt ihr, dass es Lewis gut geht?", fragte Lottie ganz leise. „Dass er in Sicherheit ist?"

„Nein, das ist er bestimmt nicht. Es ist ein Abenteuer. Sicherheit und Abenteuer schließen sich gegenseitig aus, Charlotte." Miss d'Avignon schüttelte den Kopf, und Lotties Gesicht wurde noch weißer.

„Du musst versuchen, zu ihm zu gelangen", erklärte ihr Vater energisch, und Miss d'Avignon pflichtete ihm bei.

„Du musst wieder dorthin, und zwar sofort. Vielleicht kannst du ihn nicht gleich zurückholen, aber vielleicht kannst du stattdessen etwas herausfinden. Was für Lewis anders ist, zum Beispiel. Warum er nicht mit dir zurückkehren konnte."

Lottie hielt sich den Kopf, als könne sie so ihre durcheinander wirbelnden Empfindungen festhalten. „Aber ich hab's versucht! Ich hab's drei Tage lang versucht, und ich kann nicht, ich komme nicht rein, ich weiß nicht, wie ich es anstellen soll!" Hektische rote Flecken leuchteten plötzlich auf ihren Wangen, und ihre Unterlippe bebte. Ihr Vater nahm sie in die Arme und drückte ihr das magische Geschichtenkästchen in die Hände.

„Du kannst es", sagte er bestimmt. „Weil du es können musst. Mehr musst du nicht wissen." Und plötzlich spürte Lottie, dass wirklich alles möglich war – spürte es, obwohl sie es sich noch immer nicht richtig vorstellen konnte. Vielleicht würde es ein kleines bisschen Magie erfordern, aber es war möglich. Sie nahm den Deckel von dem Kästchen.

„Ich kann es“, wiederholte sie leise. „Weil ich es können muss ...“

„Du hast deine Erinnerungen, Charlotte. Sie stehen dir alle zur Verfügung.“

Lottie biss sich auf die Unterlippe.

„Denk an eine alte Geschichte. Die alten sind die besten. Und vergiss nicht: Vielleicht gerätst du mitten hinein, nach deiner Ankunft“, fügte ihr Vater hinzu.

Mitten hinein? Lottie dachte an die Bilder, die sie gesehen hatte, und an Zerox, die beiden völlig gleichen Hunde. Lewis hatte sich an sie erinnert, und sie waren gekommen. Ein sehr befremdliches Gefühl machte sich in ihr breit, und ihre Hände zitterten wieder wie in jener Nacht in Lichtland. Was stimmte nicht mit ihr? Miss d'Avignon beobachtete sie gespannt.

Lottie versuchte, den Kopf klar zu bekommen. Sie musste sich darauf konzentrieren, Lewis zu helfen. Alles andere konnte warten. Woran sollte sie denken, welche Geschichte würde sie nach Lichtland bringen? Ihr Blick fiel auf die Schwarz-Weiß-Fotografien an der Wand. Auf den Soldaten.

„Ich erinnere mich“, hauchte Lottie. Sie schloss die Augen und tauchte ganz tief ein in ihre Geschichte. „Ich erinnere mich an Großvater Reeder. Ich hab eine ganze Menge von seinen Orden und Abzeichen in der obersten Schublade meiner Kommode. Früher wollte ich immer so sein wie er ...“

Lottie zögerte, öffnete die Augen wieder und starrte das Kästchen an. Es hatte zu leuchten begonnen. Sie versuchte, sich zu erinnern, die alte Geschichte vor sich zu sehen, so deutlich wie möglich ... Und fragte sich, ob das genügen, ob sie das wirklich nach Lichtland zurückbringen würde. Sie entschied, dass diese Geschichte eine gute Wahl darstellte. Sich an einen Helden zu erinnern konnte vielleicht nützlich sein. Wenn er genauso erschien wie Zerox, dann würde er ihr eine große Hilfe sein! Sie erinnerte sich daran, wie ihr Großvater ausgesehen und was man ihr von ihm erzählt hatte ...

„Rote Haare ... Er hatte rote Haare und Sommersprossen und Ohren, die wie Henkel an einem Krug ausgesehen haben. Als Kind ist er im Sommer immer zum Schwimmen an einen tiefen See gegangen, dessen Wasser selbst im August eiskalt war.

Eines Tages beobachtete er, wie ein Junge einen Kopfsprung machte. Dieser Junge wusste nichts von den gefährlichen Felsen in der Nähe des Ufers. Er muss sich furchtbar angestoßen und sofort das Bewusstsein verloren haben. Er verschwand einfach in der eisigen Tiefe. Da sagte Urgroßmutter einfach: ‚Russell, hol ihn da raus!'

Großvater zog seine Schuhe aus und tauchte hinter dem Jungen her. Er schwamm immer weiter hinab in den eisigen See, bis er die Haare des Jungen vor sich sah, und dann hat er einfach zugepackt und ihn hochgezogen. Er hat ihn gerettet." Lottie lächelte, sah ihren Großvater vor sich, sah, wie er in diesem Moment ausgesehen haben musste.

„Dafür hat er seinen ersten Orden bekommen. Wenn die Geschichte wahr ist, muss er damals etwa vierzehn gewesen sein."

„Ja, stimmt genau, so ziemlich jedenfalls", bestätigte eine fremde Stimme hinter ihr.

Lottie fuhr mit einem so wilden Ruck herum, dass sie beinahe das Gleichgewicht verlor, und sah sich einem schlaksigen, rothaarigen Jungen gegenüber. Er hatte gewaltig abstehende Ohren. Sommersprossen übersäten seine Wangen. Der Junge war mehr als nur ein Schattenbild, schien aber doch auch nicht ganz Wirklichkeit zu sein. Er war eine Art Mischwesen, ein Zwischending zwischen einem echten Körper und bloßer Einbildung. Er blickte Lottie freiheraus an und grinste von einem Ohr zum anderen.

„Hallo, du!" Er lachte laut und tief. „Was zur Hölle ist das für eine Kleidung?!"

Verglichen mit seiner Wolljacke und den altmodischen Hosen musste ihm Lotties Schlafanzug tatsächlich ein wenig seltsam vorkommen.

Lottie blinzelte gegen das strahlend helle Sonnenlicht an. Dann erinnerte sie sich an ihre Manieren und sagte ebenfalls „Hallo!". Sie blickte sich rasch um. Ihr Vater, Miss d'Avignon und die Küche waren verschwunden. Sie war wieder in Lichtland.

„Ich bin Russell."

Lottie verschlug es kurz die Sprache. Sie konnte ihn unmöglich Russell nennen. Andererseits – *Großvater* kam auch nicht infrage.

„Wenn du magst, kannst du mich Red nennen", schlug der Junge vor und deutete erklärend auf seine knallrote Haarpracht.

„In Ordnung. Ich ... ähm ... ich hab von dir gehört", stotterte Lottie. Sie starrte ihn immer noch mit offenem Mund an.

Red sah sehr zufrieden aus. „Hast du mich schon mal Baseball spielen sehen?"

Lottie schmunzelte. Sie mochte ihn. „Nö, ich – also, ich hab von deinen Tapferkeitsmedaillen gehört. Du bist ein Held ..."

Red wackelte mit den Ohren. „Aaach, ich hab doch nur getan, was mir meine Mutter gesagt hat", meinte er.

„Aber dann, später! All die Auszeichnungen, die man dir da verliehen hat –", begann Lottie und unterbrach sich sofort wieder. Jene anderen Medaillen besaß er doch noch gar nicht! Dieser Russell Reeder hier war vierzehn Jahre alt – damit trennten ihn noch fünfzehn Jahre von seinen zukünftigen Heldentaten. Und zwanzig davon, Vater ihrer Mutter zu sein.

Red sah sich um. „Kannst du mir sagen, wo wir hier sind?"

Lottie nuschelte eine halbherzige Erklärung, die Red erstaunlicherweise zufrieden stellte. Sie sagte ihm einfach, dass sich ihr Freund Lewis verirrt habe. Red nickte und versuchte, sich zwischen den Maisfeldern zurechtzufinden.

So hingerissen Lottie auch davon war, ihren Großvater kennen zu lernen, tief in ihr regte sich Enttäuschung. Er war erst vierzehn! Wie sollte er ihr da beistehen können? Nun, zumindest war sie wieder in Lichtland.

„Sehen wir uns ein bisschen um und schauen, wo wir sind. Und dann finde ich deinen Freund, nur keine Panik“, brummte Red und rieb sich unternehmungslustig die Hände.

Lottie wünschte, sie könnte so zuversichtlich sein wie er. Doch da war keine Windmühle, keine Steinmauer, kein Kirschbaum, überhaupt nichts, was sie kannte. Ringsum erstreckten sich nur Maisfelder, Maisfelder und nochmal Maisfelder. Wie sollte sie Lewis nur jemals finden?

Die Felder sahen aus wie ein Ozean, ihr Grün erinnerte an eine sich hebende und senkende Brandung. Ein sanfter Wind dirigierte das Wogen und ließ Stängel und Blätter rascheln. Red setzte sich in Bewegung und hielt geradewegs auf das nächstgelegene Maisfeld zu. Held hin, Held her – vom Herumstehen und Pläneschmieden hielt er eindeutig überhaupt nichts, so viel stand fest, sagte sich Lottie, als sie durch die Maisreihen hinter ihm herrannte.

Sie musste sich beeilen, um mit ihrem jungen, langbeinigen Großvater Schritt halten zu können. Er pfiff vergnügt vor sich hin und stellte Lottie tausend Fragen. Dazwischen sagte er immer wieder: „Du erinnerst mich an jemanden – wirklich!“ Aber da die große Erleuchtung ausblieb, schüttelte er jedes Mal nur verwundert den Kopf.

Er erwartete nicht wirklich eine Antwort von ihr, und so quälte sich Lottie ein Lächeln ab und folgte ihrem davonstürmenden Großvater ein weiteres Mal. Er erzählte Lottie alles Mögliche über sich – er redete anscheinend gerne.

Er träumte davon, eines Tages ein richtiges Automobil zu haben, und wenn er älter war, wollte er Baseballspieler werden. Es gab so vieles, was er vorhatte, und deshalb nahm er an, dass er wohl nie Zeit zum Heiraten finden würde.

Lottie lächelte. Sie kannte seine Lebensgeschichte, wusste um das Mädchen, dem er schon in wenigen Jahren begegnen würde. Dieses Mädchen, das auf einem Klavierhocker saß und so anmutig die langen braunen Haare zu einem Zopf zurückgebunden hatte. Dortie. Er würde sie heiraten, und sie würde Lotties Großmutter sein.

„Ich schätze, das mit dem Heiraten kann man nie wissen", widersprach sie vorsichtig.

Er brachte ihr sein Lieblingslied bei, und sie gingen singend weiter.

„Dort drüben stehen Bäume", sagte er irgendwann und spähte über die Maisspitzen in die Ferne.

Lottie hielt ebenfalls Ausschau, doch sie sah nichts als Mais. Red war bereits wieder unterwegs. Er hatte die Richtung geändert und bahnte sich mit beiden Händen einen Weg durch den Mais, als habe er sein ganzes Leben lang nichts anderes getan.

Lottie, die tatsächlich ihr ganzes Leben lang nichts anderes getan hatte, gab sich erneut alle Mühe, zu ihm aufzuschließen – aber dann stolperte sie und verlor einen Hausschuh. Hastig schlüpfte sie wieder hinein und blickte sich nach Red um. Seine langen Beine trugen ihn so schnell dahin, dass er bestimmt schon bei den Bäumen angekommen war. Mindestens. Lottie hüpfte auf der Stelle, aber der Mais stand überall viel zu hoch. Sie konnte Red nirgends sehen. Wo war er? Sie rannte los in die Richtung, in der sie ihn zuletzt gesehen hatte, sie rief seinen Namen. Einmal glaubte sie schon, sein lautes Lachen zu hören. Aber gleich darauf hörte sie etwas anderes.

„*Krääääh!* Lottie Cook!"

„Umber!" Lotties Stimme war schrill vor lauter Aufregung. Sie kam aus dem Mais heraus und sah den Vogel zwischen sieben dürren Kiefern umherflattern. Von Red fehlte jede Spur.

„Wo – wo ist mein Großvater hin?"

Umber landete direkt vor ihr auf einem Ast. „Dahingegangenheit. Schwer zu halten. Körperliche Erinnerungen haben nicht lange Bestand."

„Ich wollte doch noch über so vieles mit ihm sprechen! Wo ist er?"

Umber stieß einen Pfiff aus. „Fort. Zurück zu deinen anderen Erinnerungen."

„Du bist doch auch eine körperliche Erinnerung, oder? Wie hab ich dich gemacht? Und warum verschwindest du nicht wieder?"

Der Vogel plusterte sich auf. „Körperliche Erinnerungen sind die Bewohner von Lichtland. Niemand fragt uns nach dem *Wie*. Niemand fragt nach dem *Warum*." Dann fügte er, beinahe scheu, hinzu: „Vielleicht bin ich ja gar nicht deine Erinnerung. Dein Vater war's, er hat das Geschichtenkästchen gebaut. Schon vor Jahren hat er sich erinnert. Und Jahre sind lang in Lichtland. Aber er hat sich an mich erinnert. Ich habe gewartet. Auf dich."

Lottie dachte darüber nach, und ihre Augen weiteten sich. „Aber mein Großvater ... Es wäre so schön, wenn er – wenn ich ihn auch wirklich machen könnte. Ich war drauf und dran, ihn kennen zu lernen!"

„Ka-rächzzz! Schau in dein Inneres, Lottie Cook."

Das tat sie. Und staunte. Die Erinnerung an ihren Großvater war nun so stark, es kam ihr vor, als trage sie ihn selbst bei sich. Sie erinnerte sich ganz genau an ihn. Und sie wusste, sie würde ihn niemals wieder vergessen. Seine Zielstrebigkeit pochte nun auch in ihrer Brust – und erinnerte sie an ihre wahre Aufgabe. Sie musste Lewis finden!

„Dieses Mal nutzen wir das Tageslicht", murmelte sie entschlossen. „Umber! Hast du ihn gesehen?"

Der Vogel fiel beinahe in Ohnmacht. „Ihn gesehen? Den Nachtkönig? Lottie Cook, hätt ich den erblickt, dann könnte ich nicht mehr mit dir plaudern. Dann wär ich ein Dahingegangener, so viel steht fest."

„Nein, nein, nicht den Nachtkönig." Lottie zog ein finsteres Gesicht. „Lewis! Ich bin hier, um Lewis zu retten."

„Ahhh. Nun, es hat sich herausgestellt, dass sie beide ein und derselbe sind. Ihre Augen. Dieser Lewis schläft nicht ... er kann nicht entkommen. Dieser Lewis ist wie der Nachtkönig. Dieser Lewis *ist* der Nachtkönig. Kapiert?"

„Kann nicht entkommen?" In Lottie brodelte es. „Und ob er das kann! Deshalb bin ich hier. Meinetwegen kannst du verschwinden, das macht mir gar nichts aus. Ich bin wegen Lewis hier!"

Umber sträubte sein Gefieder. „Dieser Lewis –"

„Hör auf, ihn so zu nennen! Er ist nicht *dieser* Lewis, er ist *mein* Lewis!“, schnaubte Lottie.

Umbers Federn raschelten. „Dein Lewis, na gut. Träume sind der einzige Weg zurück nach Hause, und dein Lewis schläft nicht. In Lichtland gibt's nur einen, der das genauso hält. Den Nachtkönig, nämlich –“

„Aber Lewis schläft!“, beteuerte Lottie eindringlich. „Nur eben mit offenen Augen! Das macht ihn noch lange nicht zu deinem blöden Nachtkönig.“

„Alles dasselbe!“, beharrte Umber. „Wie auch immer, der Nachtkönig ist nicht erfreut über deinen Lewis. Die Mäuse hörten seinen Namen, und deinen auch, Lottie, deinen auch. Der Nachtkönig weiß, dass du kommst. Aber nun liegt erst einmal ein langer Tag vor uns, und wir können uns frei und ohne Gefahr bewegen. Wir müssen den Schleier erobern.“

Lottie warf ihm einen vernichtenden Blick zu. „Ist Lewis ... Geht es ihm gut?“

„Wäre dein Lewis unter den Schleier gekommen, dann hätten wir ihn gefunden.“ Umbers Gefieder zuckte.

„Was, wenn wir ihn finden?“ Lotties Herz pochte so heftig, dass es wehtat. „Wie Robert?“

Umber plusterte sich auf und schüttelte sich unwillig. „Ich sag dir was, Lottie Cook. Entweder hat er den Schleier kennen gelernt. Oder er steht auf der falschen Seite. Eins von beiden.“

Lottie wurde wütend.

„Lewis steht nicht auf der falschen Seite!“, brüllte sie. „Sag das nie wieder!“

Der Vogel schien nicht sonderlich beeindruckt. „Gefangen, vielleicht“, wisperte er zweifelnd. „Der Nachtkönig lässt niemals zu, dass du ihn mit nach Hause nimmst. Also muss man zuerst seine Macht brechen. Musst *du* zuerst seine Macht brechen.“

Lottie, schluckte hart, doch sie sah ein, dass Umber Recht hatte. Schließlich nickte sie. Und Umber krächzte.

Umber hatte einen Plan, der Lotties Ansicht nach allerdings noch einmal gründlich überarbeitet werden musste: „Du gehst in die Festung“, krähte er, „und forderst den Nachtkönig zum Kampf heraus. Am besten jetzt sofort, solange das helle Licht des Tages seine Macht schmälert. Und wenn du ihn besiegt hast, zerstörst du den mächtigen Schleier des Vergessens.“ Umber blinzelte ihr vertrauensvoll zu. Er schien fest davon überzeugt, dass sie es schaffen würde. Und dass ihr Temperament und ihr Erinnerungsvermögen – ihre Geschichten – alles waren, was sie dazu benötigte.

„Tagsüber hält er sich in seiner Festung auf“, erläuterte Umber, während sie zwischen den Feldern weitergingen. „Sieht nichts und rührt sich nicht. Also musst du den Schleier des Vergessens bei Tag finden.“

„Ich versteh kein Wort.“

„Ohne den Schleier hat der Nachtkönig keine Macht mehr ... Hoffen wir. Lottie Cook muss den Schleier an sich bringen.“

„Und was macht dich so sicher, dass Lottie Cook das kann?“, fragte sie spitz.

„Seit Jahren sag ich's ihnen. Lottie Cook, sag ich! Lottie Cook wird es tun. Und heute ist der Tag." Umber nickte. „Wir haben die Zeichen gedeutet."

„Ich hab keine Zeichen gesehen", grummelte Lottie.

Umber stieß einen Pfiff aus. „Kirschbaum! Erstes Zeichen! Qualm, Lichter! Du! Alles Zeichen. Wir belauschen, was in der Festung vor sich geht, wir hören vieles."

Die Festung – das war zweifellos die Windmühle, in der sie Lewis schlafend auf der Wendeltreppe zurückgelassen hatte. Lottie sehnte sich wahrhaftig nicht an diesen Ort zurück. Bereits der Gedanke an die geisterhaften Stimmen dort jagte ihr einen eisigen Hauch über den Rücken. Trotzdem war sie irgendwie auch froh, jetzt genau dorthin unterwegs zu sein. Sie lauschte in sich hinein, unsicher, ob sie wirklich mutig genug war, sich in dieses verrückte Abenteuer zu stürzen. Und musste lächeln. Sie hatte immer noch die Erinnerung an ihren Großvater. Er war bei ihr, oh ja. Und er war tapfer. Und sie – sie war es auch. Sie schritt schneller aus und sang das Lied, das er ihr beigebracht hatte.

In einer Biegung des Weges, unter einer großen Eiche, wartete eine Überraschung auf sie: Ein schlaksiger blonder Junge lehnte an dem Baum, blinzelte ins Sonnenlicht und gab sich offenbar alle erdenkliche Mühe, wach zu bleiben. Eine braune Katze saß bei ihm und wartete mit ihm.

„Robert!", rief Lottie erfreut aus.

„Richtig. Ich bin Robert." Der Junge nickte und freute sich, dass er erkannt worden war. Er schien so müde zu sein wie eh und je, aber dennoch stieß er sich von dem Baumstamm ab und schlurfte ihr entgegen.

„War nicht mehr zu halten, als er's gehört hat", tuschelte Umber in Lotties Ohr. „Da ist doch noch genügend von unserem alten Robert vorhanden. Wollte unbedingt kommen. Noch ein gutes Zeichen. Merk's dir. Ich tu's."

Gemeinsam setzten sie die Wanderschaft fort, bis die Windmühle in Sicht kam.

Bei Tageslicht wirkte sie kaum weniger düster und einschüchternd als nachts. Die grau-braun gesprenkelten Steinquader schienen nicht in diese Welt zu gehören, sie waren voller Löcher und Beulen, narbig und wie von Säure zerfressen. Und nicht nur das. Es kam Lottie so vor, als bereite ihnen jeder noch so winzige Sonnenstrahl, jede Lichtberührung Qualen. Und tatsächlich veränderten sich die Steine unablässig. Es sah ganz so aus, als sei die Festung des Nachtkönigs aus lebenden Steinen erbaut.

„Nicht gerade ein angenehmer Anblick", murmelte Lottie. Der Wind frischte jählings auf, und die rostigen Metallflügel der Windmühle setzten sich quietschend in Bewegung.

Jetzt, da sie sehen konnte, wodurch dieses Geräusch verursacht wurde, kam es ihr ein bisschen weniger unheimlich vor. Aber wenn sie die Ohren spitzte, glaubte sie, bereits die geisterhaften Stimmen hören zu können. Robert straffte sich merklich – also nahm er sie ebenfalls wahr.

Unzählige Reifenspuren zerfurchten den Boden, tiefe Rinnen, die kreuz und quer in alle Richtungen führten. In der Ferne, jenseits der Windmühle, stiegen Rauchspiralen aus seltsamen Gruben empor. Ein leuchtend grüner Dunst schwelte über allem. Als Lottie die Festung genauer betrachtete, sah sie Lichtblitze aus einem der Fenster stieben. Umber zuckte zurück.

„*Kreisch!* Da siehst du die Zeichen."

Lottie fragte sich, was wohl in den Gruben brannte. Es war ein schrecklicher Ort. Und Lewis ist da drin, dachte sie fröstelnd. Das war das Allerschrecklichste.

Indessen schien Umbers Mut einen gehörigen Dämpfer erfahren zu haben – was angesichts solcher Zeichen nur allzu verständlich war. Er bebte am ganzen Leib, zog den Kopf ein und raschelte hektisch mit den Federn. „Da sind wir", krächzte er schwach.

Lottie setzte sich ins hohe Gras, um zu Atem zu kommen und einen Plan zu schmieden. „Gibt es irgendwelche anderen Wege hinein? Einen Geheimgang vielleicht?", fragte sie. „Weißt du etwas davon, Robert?"

Doch er gab ihr keine Antwort. Er hatte sich nicht zu ihr gesetzt. Er war überhaupt nicht mehr da. Lottie fuhr hoch und blickte sich wie rasend um. Kein Robert weit und breit.

Sie wandte den Kopf und sah zur Windmühle hin. Robert schritt geradewegs darauf zu. Er schlurfte nicht mehr, und offensichtlich war er hellwach. Die braune Katze strich ihm um die Beine. Lottie hob beide Hände an den Mund, um Robert zurückzurufen, doch Umber hinderte sie daran. „Besser, wir machen keinen Lärm. Viel besser, wir bleiben einfach direkt hinter ihm."

Es war nicht ganz der Plan, der ihnen vielleicht noch

eingefallen wäre – aber sie hasteten trotzdem los. Robert verschwand bereits hinter den grauen Mauern.

„Glaubst du, der Nachtkönig ist zu Hause?“, fragte Lottie mit einem Wispern.

„Zu Haus? Na klar!“, krächzte Umber.

Der Nachtkönig

Lewis stand wie vom Donner gerührt in der Windmühlen-Festung und starrte seinen Vater an, der inmitten dieses absonderlichen, riesigen Stoffhaufens schlief. Dürr und blass war er, seine Haare hingen lang und strähnig herunter und wurden bereits grau. Sein schmutziger Laborkittel mit den vielen Taschen reichte ihm bis über die Knie. Die langen Arme und Beine waren so tief in den Stoffbezug eingesunken, dass sie kaum mehr zu erkennen waren. Mit weit aufgerissenen, leeren Augen starrte der Nachtkönig blicklos in den Raum.

Es waren die offenen Augen des Nachtkönigs, was Lewis Angst einjagte. Dieses Stieren. Und er hatte die gleiche Angewohnheit. Auch er schlief so! Er musste es von seinem Vater geerbt haben! Und seine Mutter hatte es ihm nie gesagt! Darum also glaubten die Geschöpfe von Lichtland allesamt, der Nachtkönig schlafe nie. Dabei stellte er nur deshalb tagsüber keine Bedrohung für sie dar, weil das die Zeit war, in der er für gewöhnlich schlief. Mit offenen Augen.

Lewis begann zu verstehen, weshalb er in Lichtland hatte zurückbleiben müssen, als Lottie entkommen war. Wie der Nachtkönig schlief auch er mit offenen Augen und ohne zu träumen. Das aber reichte wohl nicht aus, um ihn nach Hause zu bringen. Solange er also nicht wie alle anderen schlafen konnte, würde er vielleicht niemals wieder nach Hause zurückkommen. Erstaunlicherweise zerschmolz das eisige Gefühl der Angst in ihm immer mehr, je umfassender er diese Zusammenhänge begriff, und eine seltsame Ruhe überkam ihn. Das waren keine guten Nachrichten, aber wenigstens hatte er einige Antworten gefunden.

Oktober sah äußerst besorgt aus, dennoch schlich er tapfer immer näher an den gewaltigen Berg aus tausenderlei gewobenen Stoffen heran. Seine Nase zuckte, als könne er felsenfest darauf vertrauen, dass sie ihn genau ans Ziel führte, zum Schleier des Vergessens. Lewis wusste aus eigener Erfahrung nur allzu gut, dass sein Vater höchstwahrscheinlich einen sehr leichten Schlaf hatte. Er konnte jederzeit erwachen und würde dann sofort wissen, was um ihn herum vorging. Dennoch bewegte sich auch Lewis vorsichtig weiter, erreichte den Berg und machte sich wie Oktober auf die Suche. Verzweifelt bemühte er sich, darauf zu vertrauen, dass alles gut gehen würde.

Doch die vor ihnen liegende Aufgabe war überwältigend. Je länger er leise Tuch um Tuch, Beutel um Beutel anhob und begutachtete, desto verzweifelter wurde er. Er hatte nicht die geringste Ahnung, wonach er eigentlich suchte. Wie viele gefährliche Fallen mochten hier auf ihn lauern? Wie sah der Schleier des Vergessens aus? Und was sollte er damit tun, wenn er ihn je fand? Ratlos hielt er einen Beutel hoch, der aus reiner Seide zu sein schien.

Irgendetwas bewegte sich darin. Doch als Lewis mit der rechten Hand tiefer und tiefer hineintastete, fühlte er, dass der Beutel leer war. Aber da waren Erscheinungen. Bilder. Eingewoben in den seidigen Stoff.

Lewis erstarrte und verlor jedes Zeitgefühl. Er beobachtete die fließenden Bewegungen der in der Seide gefangenen Bilder, schaute zu, wie sie sich verlagerten und wechselten. Irgendwann sah er einen Jungen, der sich hoch droben in der Windmühlen-Festung aus einem Fenster lehnte. Der Junge winkte mit beiden Armen und brüllte etwas, doch es war kein Laut zu hören. Das bin ich, dachte Lewis. Nur ein bisschen älter. Es ist eine Zukunftsvision. Aber dann riss er den Blick los, blinzelte und starrte den Nachtkönig an. Nein, er ist es, ihm sieht er viel ähnlicher – oder? Also zeigte der Beutel die Vergangenheit. Der Junge wirkte so traurig und ängstlich. Was das wohl zu bedeuten hatte? Schließlich hörte er das leise Kratzen von Oktobers Klauen und erinnerte sich wieder, weshalb sie hier waren. Er legte den Beutel beiseite.

Der nächste Gegenstand kam Lewis außergewöhnlich schwer vor. Er wirkte wie aus gewöhnlichem Juteleinen gemacht, wie jene Säcke, in denen man zu Hause Mais lagerte, doch als Lewis hineinsah, war er voller Wasser. Zumindest sah es aus wie Wasser. Es schien allerdings irgendwie schwerer und dickflüssiger zu sein. Sein Gesicht spiegelte sich in der Flüssigkeit, und plötzlich verspürte er das heftige Verlangen, davon zu trinken. Schon beugte er sich vor und war drauf und dran, sein Gesicht hineinzutauchen, da durchzuckte ihn ein greller Schmerz.

Etwas hatte ihn ins Handgelenk gebissen! Er fuhr hoch und blickte wild um sich.

Oktober! Der Mäuserich war auf Lewis' Handrücken geklettert und hatte ihn gebissen. Nun sah er zu ihm herauf und schüttelte ungestüm den Kopf. Der flehentliche Blick der winzigen dunklen Augen brachte Lewis wieder zur Besinnung. Obwohl er noch immer einen unbändigen Durst nach jener seltsamen Flüssigkeit verspürte, richtete er sich hastig auf. Er musste völlig verrückt geworden sein. Wie konnte er auch nur daran denken, an diesem Ort irgendetwas zu essen oder zu trinken! Lewis dankte Oktober mit einem stummen Blick. Die Maus sprang auf den steinernen Boden zurück und nahm ihre Suche wieder auf.

Lewis' Kopf schmerzte immer mehr. Die Magie seines Vaters, seine gewaltige dunkle Macht beherrschte den ganzen Raum und drückte wie ein Tonnengewicht auf Lewis herab. Als er erneut in den Haufen griff, bemerkte er, dass seine Hände zitterten.

Im nächsten Moment explodierte ein grässlicher Schmerz in seinen Fingern, und er riss sie keuchend zurück. Der stahlgraue Sack entglitt ihnen und sank zu Boden. In Lewis' linker Hand klaffte ein tiefer Schnitt. Er unterdrückte das Bedürfnis, laut aufzuschreien, doch das Zischen seines Atems hatte bereits genügt. Der winzige Schmerzlaut hallte in der steinernen Kammer wider. Lewis fuhr panisch herum und blickte dem Nachtkönig direkt in die Augen.

Der Nachtkönig lächelte. Lächelte ein hässliches, verzerrtes Lächeln. Lewis erwiderte seinen Blick und versuchte, sich den Schmerz nicht anmerken zu lassen.

„Falsch gewählt“, flüsterte der Nachtkönig genüsslich.

Lewis sagte nichts.

„Was hast du hier zu suchen, Lewis?“

Lewis sagte nichts.

„Oh ja, ich erkenne dich. Ich weiß, wer du bist. Und du weißt, wer ich bin, nicht wahr?“

Lewis sagte nichts.

„Ich habe dich kommen sehen. Dich und dieses Nachbarsmädchen, Lottie. Warum bist du gekommen? Dieser Ort hier ist nichts für dich.“

Lewis schwieg. Die Augen seines Vaters verzogen sich zu schmalen Schlitzen. Der Nachtkönig wurde zornig.

„Also sprichst du immer noch nicht?“, herrschte er ihn an. „Das habe ich ganz vergessen. Was stimmt nicht mit dir?“

Lewis sagte nichts.

„Du musst wissen, eines dieser Tücher kann dich zwingen, mit mir zu reden. Ich habe es an den Ratten ausprobiert und ihnen so die Sprache geschenkt. Es war beängstigend ...“ Der Nachtkönig wirkte jedoch überhaupt nicht verängstigt. Er schmunzelte vielmehr, als gefalle es ihm, sich daran zu erinnern. „Ja, ich glaube, ich werde es holen. Das versuchen wir als Erstes. Und danach vielleicht noch zwei oder drei andere. Nur so, zum Spaß. Ich habe so viele Lieblinge, unter denen ich wählen kann. Schau dich nur um!“

Lewis sagte nichts.

Er ballte die Fäuste. Er spürte eine klebrige Nässe an seiner verletzten linken Hand. Aber er schwieg noch immer. Nur seine Gedanken begannen zu rasen. Was sollte er unternehmen? Er hatte keinen Plan.

Der Nachtkönig starrte ihn gedankenverloren an, doch es war, als sehe er jemand anders. „Ich war in deinem Alter, als ich die Wahrheit über diese seltsame Welt erfahren habe. Und doch gibt es einen Unterschied. Du hast herausgefunden, dass du hierher gelangen kannst. Ich aber erfuhr, dass ich von hier komme."

Lewis fror. Sein Vater stammte aus Lichtland? Wie sollte das möglich sein? Er wollte fragen und blieb doch weiterhin stumm. Er merkte kaum, dass er den Kopf schüttelte. Sein Vater höhnte: „Haben sie dir nicht erzählt, dass ich keinen Anfang und kein Ende habe? Das ist wahr, wirklich. Und dasselbe trifft auf sie zu, auch wenn sie es gar nicht begreifen. Niemand hier in Lichtland wird geboren, und niemand stirbt. Man existiert einfach – oder eben nicht, existiert in einem unbestimmten Zustand aus Erinnert- oder Vergessenwerden. Lichtland. Ha!"

Warum, fragte sich Lewis, erzählt er mir das alles? Dass er selbst keinen Plan hatte, musste nicht zwangsläufig bedeuten, dass dies auch für den Nachtkönig galt. Also, was hatte er vor? Lewis sah sich unauffällig um. Es musste möglich sein, den Nachtkönig abzulenken oder an ihm vorbei zu der wuchtigen Tür auf der anderen Seite des Raumes zu gelangen.

„Du kannst nicht entkommen", behauptete der Nachtkönig, dem sein Blick nicht entgangen war. „Ich entscheide, was aus dir wird. Und ich frage mich, ob es irgendeinen Grund gibt, dich in meiner Nähe zu behalten?“

Dieses Mal öffnete Lewis den Mund, er wollte antworten. Doch die Worte gefroren ihm auf der Zunge. Er zögerte. Er brauchte mehr Zeit, er musste nachdenken. Musste er das? Oder war er bereit zu sprechen? Er presste die Lippen aufeinander und schluckte verkrampft.

Der Nachtkönig knurrte ärgerlich und wandte sich von ihm ab.

Beinahe hätte Lewis gelächelt. Er staunte über sich selbst. Sein eigener Vater drohte ihm, und er empfand überhaupt keine Angst. All diese Jahre hatte er sich geweigert zu sprechen und sich damit der Welt und dem Leben entzogen, aber in diesem Augenblick durchzuckte ihn die Erkenntnis, dass es keinen Grund mehr für ein solches Verhalten gab. Es gab keinen Grund mehr, sich zu verstecken. Er war bereit.

Und dann sprach er.

„Ich erinnere mich an dich“, sagte er einfach.

Der Nachtkönig drehte sich nicht um, doch Lewis spürte, dass sein Vater zuhörte.

„Die Leute hier sagen, du hast keine eigene Lebensgeschichte, aber das stimmt nicht. Du hast eine. Ich – ich erinnere mich daran. Ich kenne sie. Du behauptest, du bist von hier, aber das ist eine Lüge. Du stammst überhaupt nicht aus Lichtland.

Du bist in Topeka zur Welt gekommen, an – an einem heißen Sommertag. Als du so groß warst wie ich, hast du Flusskrebse gefangen ... zusammen mit deinem Großvater. Er hat dir für jeden fünf Cent gegeben. Das hast du mir selbst einmal erzählt. Und ich hab's nicht vergessen. In der zwölften Klasse warst du der größte von allen Jungen. Damals hast du ein Mädchen kennen gelernt. Sie hieß Lucille, und heute ist sie meine Mutter. Sie vermisst dich, und sie hasst dich, und ... und ich hasse dich auch!" Plötzlich hatte Lewis das Gefühl, nicht mehr atmen zu können.

Der Nachtkönig drehte sich bedächtig zu ihm um. Lewis hatte versucht, etwas Anständiges und Menschliches in ihm anzusprechen, zu bewirken, dass er etwas fühlte, sich an etwas aus dem wirklichen Leben erinnerte. Doch als er seinem Vater nun in die Augen blickte, konnte er nicht sagen, ob es ihm gelungen war. Der Nachtkönig starrte ihn an. Erinnerte er sich?

„Ja", erwiderte er, als habe Lewis seinen letzten Gedanken laut ausgesprochen. „Natürlich erinnere ich mich."

Lewis hielt den Atem an. So einfach konnte es nicht sein.

„All diese Gerüchte, ich hätte keine eigenen Erinnerungen – vergiss sie. Es sind Märchen, dumme Geschichten, ausgebrütet von dummen Geschöpfen. Natürlich besitze ich Erinnerungen. In der Tat ist mein Gedächtnis sogar perfekt." Der Nachtkönig seufzte und wirkte plötzlich seltsam müde.

„Deshalb zieht es mich ja so zu dieser Wissenschaft hin. Ich betreibe meine Studien, gerade weil mich das schwächliche Erinnerungsvermögen der anderen mehr und mehr verärgert hat. Und ich entdecke ständig neue Methoden, Erinnerungen zu konzentrieren und zu verstärken. Ich kann sie in meine Dienste stellen! Das Unvermögen der anderen, sich an die Vergangenheit genau zu erinnern, ekelt mich an! Meiner Wissenschaft wird es gelingen, diese Schwäche auszumerzen!"

„Wissenschaft?", krächzte Lewis spöttisch. „Das, was du hier machst, nennst du Wissenschaft?"

Der Nachtkönig beachtete seinen Einwand nicht. „Ich habe an dich gedacht, Lewis. Nicht oft, aber manchmal habe ich tatsächlich an dich und dein Mitleid erregendes, unauffälliges, kleines Leben nachgedacht. Du und deine Mutter!"

Lewis war sich nicht sicher, doch er meinte, einen Anflug von Traurigkeit aus seiner Stimme herauszuhören. Aber die Augen des Nachtkönigs blieben ausdruckslos und leer.

„S-sie ist einsam", setzte Lewis nach. „Mit nichts zufrieden. Nie. Ich glaube nicht, dass sie früher auch so war."

„Oh, da täuschst du dich aber wirklich!", antwortete sein Vater ganz sachlich. „Sie war schon immer so. Und es hat mir gefallen. Sie brachte mich durcheinander. Wie eisern sie sich weigerte, glücklich zu sein! Heute verstehe ich sie besser als damals. Glück! Welchen Nutzen bringt uns das Glück? Deine Mutter hatte niemals ein Verlangen danach. Und heutzutage habe ich keine Zeit mehr dafür."

„Da-das kann sich doch ändern", versuchte Lewis es tapfer weiter.

Die Augen des Nachtkönigs loderten plötzlich vor Zorn. Seine knochigen, bleichen Hände rissen einen derben schwarzen Sack hoch, der vor Schmutz starrte. Feste

Stricke baumelten von seiner Öffnung herab. Da drin werd ich ersticken!, schoss es Lewis durch den Kopf.

„Jetzt reicht es!“, zischte sein Vater. „Ich habe genug gehört, ich ertrage dein Geschwätz nicht mehr, Lewis. Freut mich, dass du sprechen kannst. Aber nun will ich nichts mehr mit dir zu schaffen haben. Ich glaube sogar, dass ich nicht einmal das Echo deines Geplappers in meinen Räumen hören möchte. Oder habt ihr – du und deine kleine Freundin – wirklich gedacht, ich würde jede beliebige Stimme für meine Studien verwenden? Meine Wissenschaft wird beträchtlich schnellere Fortschritte machen, wenn ihr beide keine Ablenkung mehr darstellt.“

Lewis starrte ihn nur an. Hatte er wirklich geglaubt, zu ihm durchdringen zu können? Er war gescheitert, so schwer es ihm fiel, das zuzugeben. Die Wunde an seiner linken Hand brannte wie Feuer, und sein Kopf hallte wider vor Schmerzen. Irgendwie musste er sich retten.

„W-warte!“, stotterte er. „Ich bin wie du! Vielleicht werde ich eines Tages auch Wissenschaftler. Wie du. Naturwissenschaften interessieren mich. Sehr sogar. Ich bin gut in diesen Fächern.“ Er erstickte fast an dem, was er da sagte, und hoffte inständig, dass es nicht stimmte, dass er nicht – nicht einmal annährend – wie der Vater war.

Dennoch sagte er noch einmal: „Ich könnte so sein wie du.“

„Ach, Lewis.“ Die Stimme seines Vaters war sanft und gleichgültig. „So vieles hättest du sein können.“

Der Nachtkönig hob den Sack an und ließ die Stricke wie Peitschen knallen. Dann setzte er sich in Bewegung.

Lewis wich nicht zurück, seine Blicke huschten zwischen den Stricken und den kalten Augen des Vaters hin und her.

„Wa-was ist mit den anderen Säcken?"

„Was soll damit sein?"

„Sind sie alle gefährlich?"

„Ja. Ich habe jeden einzelnen aus hoch konzentrierten, ins Unermessliche verstärkten gefährlichen Erinnerungen gewoben!" Der Nachtkönig stieß ein kurzes Lachen aus. „Man könnte sagen, es ist mein Hobby. Manche sondern Gift ab, sobald man sie berührt. Andere gehen in Flammen auf. Viele sind kuschlig weich ... und zerschneiden Finger und alles andere, was ihnen nahe kommt. Es interessiert dich also wirklich?"

„Aber es sind so viele. Wie – wie unterscheidest du sie? Woher weißt du, welcher nun dieser oder jener ist?" Lewis war entschlossen, immer weiterzureden, ihn abzulenken.

„Nur ich allein kenne die Unterschiede", grollte der Nachtkönig.

„Aber ... warum?" In Lewis' Kopf drehte sich alles.

„Macht!", polterte der Nachtkönig. „Erinnerungen, die immer stärker werden, anstatt zu verblassen ... Siehst du sie denn nicht? Wer über Erinnerungen gebietet, der gebietet über Lichtland. Bis in alle Ewigkeit!", donnerte er. Der Nachtkönig hatte die Geduld verloren.

„Und das da", wisperte Lewis. „Das ist der Schleier des Vergessens?"

„Du erwartest tatsächlich, dass ich dich in meine Geheimnisse einweihe?"

„Ist er es?“, fragte Lewis ruhig, obwohl er das Gefühl hatte, längst wie ein Wackelpudding zu zittern.

„Warte ...“, hauchte der Nachtkönig, und sein Gesicht verzog sich zu einem hinterlistigen Lächeln. „Du interessierst mich doch, Lewis. Noch bin ich mir nicht ganz sicher, warum. Du glaubst also, dass du mir ebenbürtig bist? Warum geben wir dir nicht die Chance, das zu überprüfen? Du hast, sagen wir ... eine Stunde, allein mit meiner Sammlung. Sehen wir, ob du in dieser Zeit das eine Tuch finden kannst. Den Schleier des Vergessens. Oder ob du jämmerlich scheiterst und zu Grunde gehst.“

Lewis starrte zuerst seinen Vater, dann den riesigen Berg aus gewobenen Stoffen fassungslos an. Hunderte, hallte es in ihm. Vielleicht Tausende.

Der Nachtkönig lachte zufrieden.

„Einige von ihnen sind natürlich nur harmlose Attrappen“, erläuterte er sachlich. „Doch viele sind tödlich. Ich bin gespannt, was geschehen wird. Finde den Schleier, und vielleicht erlaube ich, dass du dich mir anschließt. Und gebe dir die Stelle einer Ratte!“ Er wandte sich schon zum Gehen, als er noch einmal innehielt. „Oh ja, und Lewis ...“

Lewis erwiderte seinen eisigen Blick.

„Eines dieser Tücher kann dir sogar die Freiheit bringen.“ Der Nachtkönig lachte abermals. „Das ist die Wahrheit. Es ist aus den Erinnerungen an zu Hause gewoben“, höhnte er. „Es kann dich im Handumdrehen dorthin zurückbefördern. Viel Glück also! Ich werde beizeiten zurück sein und nachsehen, wie du dich geschlagen hast.“

Der Nachtkönig bedachte ihn mit einem letzten, schneidenden Blick und verließ die Kammer.

Gleich darauf hörte Lewis, wie die Tür von außen verriegelt wurde.

Der Raum unter der Mühle

Kaum hatten Lottie und Umber den Fuß über die Schwelle der Windmühle gesetzt, hörten sie auch schon die Sammlung des Nachtkönigs – ein wirres Durcheinander aus Tuscheln und Raunen und Flüstern und Stöhnen. Das Nächste, was sie vernahmen, waren die kratzenden, trappelnden Geräusche der Labortiere. Lottie bekam eine Gänsehaut. Wie konnte es Lewis hier drin bloß aushalten? Plötzlich gerieten die Schatten in Bewegung, und eine Gestalt stand vor ihr.

Lottie unterdrückte einen Aufschrei. War das der Nachtkönig?

Aber nein! Der hoch gewachsene blonde, junge Mann vor ihr sah so vertraut aus.

„*Krääák?* Robert?“, wisperte Umber mit brüchiger Stimme.

Robert wirkte verändert. Seine blauen Augen blickten hell und klar. Ein ganz besonderes Licht schien aus seinen Pupillen zu leuchten, und sein Blick hatte wieder Tiefe. Er schien gewachsen zu sein. Robert hatte seine Erinnerungen zurückgewonnen – und seine Seele. Es gab keinen Zweifel. Seine Katze stand zu seinen Füßen.

„Jetzt werde ich dir folgen, Lottie Cook“, sagte er.

„Aber wie ... was hast du ...?“, platzte Lottie heraus. „Was ist geschehen?“

Umber gluckste und schüttelte den Kopf über sie. „Nicht jetzt“, krähte er ihr hastig ins Ohr. „Schnell weiter.“

Lottie ging weiter, in Gedanken noch bei Robert. Plötzlich fiel ihr auf, dass sie längst die Wendeltreppe hätten erreicht haben müssen. Sie blieb stehen. Hatten sie eine Abbiegung übersehen? Umber ließ sich auf Roberts Schulter nieder und blickte aufmerksam zu Lottie herüber.

Das grüne Leuchten der Wände brachte sie durcheinander. Sie hatte die Orientierung verloren. Ärgerlich rümpfte sie die Nase und beschloss schließlich, einfach geradeaus weiterzugehen. Der Korridor führte immer rundherum, und nur langsam dämmerte es Lottie, dass sie wie in einer Spirale in immer höhere Regionen der Windmühle vordrangen. Sie sah zwar überall dunkle Risse in den Wänden, doch ihr fiel nicht auf, dass sie beobachtet wurden.

Plötzlich traten direkt vor ihnen drei gewaltig große Ratten aus einem Spalt in der Wand hervor und stellten sich ihnen in den Weg. Sie fletschten die Zähne und hielten die langen, dünnen Schwänze wie Peitschen. Lottie suchte in den Taschen ihres Schlafanzuges hektisch nach etwas, das sie gegen diese Monster als Waffe verwenden konnte. Doch Lewis’ kleines Notizbuch war alles, was sie bei sich hatte.

Sie umklammerte den Stoffknoten mit dem Kirschkern wie einen Glücksbringer und warf Robert einen Blick zu. Er stand mit erhobenen Fäusten kampfbereit da. Die Katze zu seinen Füßen fauchte.

Sie waren völlig unbewaffnet in die Festung des Nachtkönigs eingedrungen! Daran, dass es nötig werden könnte, sich zu verteidigen, hatte keiner von ihnen gedacht. Sie hätten Stöcke, Fackeln, Steine mitnehmen sollen – irgendetwas!

Die kleinste Ratte ergriff das Wort. „Die berühmte Lottie Cook, wenn ich mich nicht irre?" Ihre beiden Spießgesellen lachten hämisch. „Du bist die, auf die er es abgesehen hat, richtig?" Die anderen Ratten nickten heftig und stießen widerwärtige, schmatzende Laute aus.

„Wer hat es auf mich abgesehen?", fragte Lottie sehr laut, und der dröhnende Widerhall ihrer Stimme ließ die Ratten verdutzt zusammenfahren.

Die größte von ihnen strich sich über die zuckenden Barthaare. „Der Nachtkönig, Lottie Cook", zischelte sie und beugte sich vor. „Und soll ich dir ein kleines Geheimnis verraten? Er wird dich vernichten!"

„Dann muss er mich auch vernichten!", grollte Robert und trat einen Schritt nach vorn. Die beiden kleineren Ratten schoben sich unauffällig hinter ihren Anführer.

Mit einem kreischenden Aufheulen ging Umber plötzlich zum Angriff über. Er breitete wirbelnd die Schwingen aus und sauste auf die mittlere Ratte zu. Der aufblitzende Farbenwirbel jagte den Nagern einen solchen Schrecken ein, dass sie drei, vier Atemzüge lang wie gelähmt waren. Mit wilden Schreien warfen sich nun auch Robert und Lottie gegen die Feinde.

Umber hackte zweimal in die fassungslos zuckende Nase des Anführers und krächzte zufrieden. Doch schon hieben mörderisch scharfe Klauen nach ihm, und er musste in halsbrecherischen Flugmanövern ausweichen, prallte gegen die Korridorwand und wirbelte, den Schnabel wie ein Segel emporgereckt, geradewegs ins Gesicht des Ratten-Anführers zurück. Geschmeidig kam ihm Roberts Katze von der anderen Seite her zu Hilfe. Robert selbst schnappte sich den kahlen Schwanz der linken Ratte und riss sie daran kurzerhand von den Füßen.

Lottie hatte nicht so viel Glück. Ihr Gegner war zwar kleiner, dafür jedoch schneller als die anderen. Bevor sie wusste, wie ihr geschah, hatte er sie gepackt und herumgerissen. Mit einem peitschenden Sausen wand sich der Rattenschwanz um ihre Handgelenke und fesselte sie. Lottie wehrte sich verbissen, doch die Bestie riss sic an den Haaren mit sich – ins Dunkel hinein.

In dem schrecklichen Lärm gingen Lotties Schreie unter. Robert und Umber sahen sie gerade noch in einem finsteren Riss in der Wand verschwinden. Sie beendeten das Handgemenge im Nu und stürmten los, doch der Spalt im Stein hatte sich bereits wieder geschlossen. Lottie war verschwunden.

Robert schlug zornig auf die Mauer ein. Eine der besiegten Ratten hob den Kopf und lachte boshaft.

Robert stürzte zu ihr. „Wo bringt er sie hin, du Monster?“, herrschte er die reichlich zerzauste Ratte an.

„Ätsch!“, wurde ihm entgegengespien.

Robert starrte die Ratte drohend an. „Wo ist Lottie? Rede!“

Die andere Ratte hatte sich in einer Ecke zu einem

struppigen Ball zusammengerollt und höhnte: „Ihr habt sie verloren!" Nach einem pfeifenden Durchatmen fügte sie hinzu: „Und ihr ... ihr seid auch so gut wie ... gefangen!"

Robert zerrte den mitgenommenen Gesellen am Genick hoch. „Öffne die Wand!", knurrte er. „Jetzt!"

„Pffft! Oder was? Willst du mich umbringen? Na los, nur zu! Lieber lass ich mich jetzt von dir abmurksen, als nachher in einen der Säcke gestopft zu werden!"

„Ha!", stimmte das andere Ungeheuer zu. „Genau das erwartet uns nämlich – der Schleier, ganz sicher, zweifellos, jawohl. Schlimmeres könnt ihr bestimmt nicht mit uns anstellen!"

Robert drückte die Ratte gegen jene Mauer, in der Lottie verschwunden war. „Öffne sie! Öffne sie endlich!"

Umber steuerte ungeschickt flatternd Roberts Schulter an. „Vergiss die Ratten! Sie werden uns nicht helfen. Wir können das selbst! Muss ganz einfach sein. Wenn die's können, können wir's auch. *Kaaa-reisch!*" Der Vogel bedachte die Feinde auf dem Boden mit einem verächtlichen Blick.

Robert presste beide Handflächen gegen die Wand. Nichts geschah. „Sie ist irgendwo da drinnen!" Robert kochte vor Wut. Er versuchte es erneut. Dieses Mal streiften seine Fingerspitzen nur ganz sacht über den Stein. Diese Mauer muss sich auftun, dachte er. Und sie wird sich auftun, weil sie es muss. Mehr brauchte es nicht.

Der Riss entstand von neuem und weitete sich lautlos, bis er hoch und breit genug war, um Robert und Umber aufzunehmen. Ohne zu zaudern, drangen die Gefährten in die Finsternis ein und ließen die sichtlich enttäuschten Ratten hinter sich zurück.

Als Umber und Robert die Mauer endlich durchschritten, war von Lottie längst weit und breit nichts mehr zu sehen. Sie war inmitten der uralten Windmühlenwände in die Tiefe verschleppt worden. Unter den sanftesten Berührungen der Ratte klafften Spalte auf und schlossen sich wieder. Lottie wehrte sich noch immer heftig und versuchte gleichzeitig, sich zu merken, in welche Richtung sie gezerrt wurde. Aber das war aussichtslos. Wie hätte sie jemals Wände aus massivem Stein öffnen und wieder schließen sollcn? Dicsc Magic vcrstand sic nicht.

Die Ratte schnaubte vor Wut, während sie Lottie ihrem Schicksal entgegenschleifte. Weit über ihnen waren hohe, schmale Fenster in die Mauern eingelassen, und Lottie konnte Grashalme sehen. Also musste der Raum, in den sie nun hineingestoßen wurde, knapp unter der Erdoberfläche liegen! Grimmig schätzte sie ab, dass die Fenster mindestens drei Meter vom Boden entfernt waren. Es würde ziemlich schwierig werden, dahinauf zu gelangen, aber das schien ihre einzige Fluchtmöglichkeit zu sein. Und es war ein direkter Weg ins Freie.

An der Decke sah Lottie ein Gewirr aus Getrieberädern, Kurbeln, Stangen und Stromkabeln. Dann bemerkte sie auch den großen Strom-Generator in einer Ecke des Zimmers und dachte an die acht Mühlenarme, die sich hoch, hoch über ihnen im Wind drehten. Dick isolierte Kabel und Drähte ringelten sich über Wände und Boden zu riesigen Webmaschinen hin, die den gesamten restlichen Raum beanspruchten.

Eine Weberei! Schlagartig begriff Lottie alle Zusammenhänge: Die Windmühle erzeugte Energie, und der Nachtkönig nutzte diese Energie, um die Webmaschinen anzutreiben.

Die Ratte gab Lottie frei und blickte sich unruhig um. Außer ihnen beiden befand sich niemand im Raum, doch das Ungetüm erwartete ganz offensichtlich jemanden.

„Sollte dich festbinden“, grunzte es verärgert.

An Stricken herrschte nun wirklich kein Mangel. Der Raum war voller gewaltiger Spulen mit Seilen und Ketten und Kordeln und Lederriemen und Bändern und Streifen seltsamer Stoffreste. Doch die Ratte blickte sich so hoffnungslos um, als gebe es hier überhaupt nichts Brauchbares zu finden. Sie schien nicht einmal im Traum daran zu denken, diese Gegenstände auch nur zu berühren.

Lottie verstand diese Zurückhaltung zwar nicht, aber sie hütete sich, irgendwelche Vorschläge zu machen. Verstohlen tastete sie über die Kratzer in ihrem Gesicht.

Die Ratte stieß einen schrillen Laut in einer so hohen Tonlage aus, dass Lottie ihn kaum hören konnte. Bald darauf näherten sich jedoch kratzende, hastende Schritte. Zwei weiße Labormäuse erschienen in der Türöffnung. Sie waren kleiner als die Ratte, aber für Mäuse immer noch enorm groß.

Die Ratte deutete auf Lottie. „Ihr wisst, wer das ist?“, herrschte sie die beiden zähnefletschend an. Die Mäuse nickten bedrückt. „Ihr sorgt dafür, dass sie hier drin bleibt. Ich gehe und erstatte Meldung. Kapiert?“

Die Mäuse nickten erneut, dieses Mal zu Tode erschrocken. Sie schienen alles andere als versessen darauf zu sein, Lottie zu bewachen. Lottie war sich ziemlich sicher, die beiden mit einem gut gezielten Fausthieb überwältigen und durch die Tür hinausschlüpfen zu können. Die Frage war, wie es danach weitergehen sollte. Sie wusste es nicht.

Die große Ratte warf Lottie einen letzten Blick zu und stürmte, das Maul zu einem hässlichen Grinsen verzogen, davon. Sie schien sehr zufrieden zu sein, die Verantwortung auf Untergebene abwälzen und den Raum verlassen zu können. Als ihre scharrenden Schritte verklungen waren, starrten die beiden Mäuse besorgt zu Lottie hinüber.

„L-L-Lottie Cook?“, wisperte eine von ihnen.

„Woher wisst ihr, wer ich bin?“, fragte sie ruhig, um die beiden nervösen Gesellen nicht noch mehr zu erschrecken. Immerhin kannten sie den Weg in die Freiheit. Vielleicht konnte eine List sie dazu bewegen, ihr zu helfen?

Die Maus atmete ein wenig aufgeregter. „Wir haben's gehört! Ihre Königshoheit verflucht deinen Namen bei jeder Gelegenheit. Und die Steine plappern alles nach!“ Die andere Maus bedachte sie mit einem drohenden Blick.

„Aber warum verflucht er mich?“, fragte Lottie. Sie erwartete nicht wirklich, eine Antwort zu erhalten. Sie hatte nur laut gedacht.

„Weil dein Gedächtnis so gut ist, Lottie Cook. Das weiß er. Der Baum ist gewachsen. In diesem Land aber soll nichts mehr wachsen. Nie mehr. Er hält alles eisern unter Kontrolle. Und jetzt sieht er, dass der Baum wächst. Deinetwegen. Das macht ihm Angst."

Lottie tastete an den Saum ihrer Schlafanzugjacke und berührte den Kirschkern. „Er hat Angst vor meinem Kirschbaum?", staunte sie.

Dieses Mal ergriff der andere Wächter das Wort. „Gar keine Angst hat er, vor überhaupt nichts! Wütend ist er!" Er stampfte mit dem Fuß auf. Sein Gefährte hielt sich erschrocken beide Pfoten vor den Mund.

Es sah nicht so aus, als ob Lottie von den beiden Mäusen noch etwas erfahren würde. Aber sie spürte auch, dass sie sich ihretwegen keine Sorgen machen musste. Die zwei würden ihr kein Leid zufügen. Bestimmt konnte sie einfach an ihnen vorbeistürmen. Doch zuerst musste sie sich wenigstens einen klitzekleinen Plan einfallen lassen.

Sie schlenderte im Raum umher. Den Mäusen war dabei sichtlich unwohl zu Mute, doch sie sagten nichts. Sie sahen einander nur unbehaglich an.

Lottie ging zu den Webmaschinen und betrachtete den darin eingespannten rötlichen Stoff. Er verströmte ein sanftes Leuchten. Sie streckte die Hand danach aus. Als ihre Fingerspitzen nur noch einen Millimeter über dem Tuch schwebten, schrien die Mäuse auf. Lottie blickte verwirrt zu ihnen hinüber.

„Warum soll ich es nicht anfassen?", fragte sie. Sie erhielt keine Antwort. Die Mäuse trippelten nur in heller Panik im Kreis herum und wimmerten. Entschlossen führte Lottie ihre Bewegung zu Ende und berührte das Tuch.

Was dann geschah, ist schwer zu beschreiben.

Zeit und Raum explodierten. Oder fielen in sich zusammen. Und Lottie befand sich mitten im Herzen des Aufruhrs. Es herrschte gleichzeitig tiefste Nacht und hellster Tag. Sie flog dahin, sie tauchte. Stille, Chaos. Wieder und immer wieder tobte blendendes Licht gegen vibrierende Dunkelheit an. Die Zeit dehnte sich aus und zog sich wieder zusammen. Im nächsten Moment war Lottie wieder bei vollem Bewusstsein und zitterte wie ein Blatt im Sturm. Ihre Augen waren geschlossen, und sie fürchtete sich davor, auch nur einen Finger zu bewegen.

Sie hatte sich erinnert ... Nein, es war mehr als das, es war weit mehr als nur eine Erinnerung gewesen. Diese Stimme, die ein Lied sang, während das Teewasser zu kochen begann ...

Sie war mit ihrer Mutter zusammen gewesen.

Lottie wollte ihre Augen nicht öffnen. Sie hatte Angst vor dem, was sie sehen ... oder nicht sehen würde. Sie wünschte sich, dass ihre Hände endlich aufhörten zu zittern. Lange atmete sie weder ein noch aus. Dann, ganz plötzlich, holte sie tief Luft.

Sie hatte es die ganze Zeit gewusst, hatte es die ganze Zeit im allerhintersten Winkel ihres Verstandes bewahrt – seit jener Nacht, in der Lewis' Hunde erschienen waren. Er hatte sich an Zerox erinnert, und sie waren gekommen. Wenn das möglich war, war dann nicht alles möglich? Und wenn sie ein Ebenbild ihres Großvaters erschaffen konnte, warum dann nicht auch andere? Sie hatte den

Gedanken an ihre Mutter stets weit von sich geschoben, hatte die Idee als unmöglich abgetan. Hatte sich gefürchtet, auch nur darüber nachzudenken. Aber nun war es geschehen.

Lottie hatte sich an sie erinnert. Und sie war gekommen.

Doch in ihrem betäubten Verstand gab es keinerlei Erinnerungen daran, keine Bilder, nicht die winzigste Kleinigkeit, gar nichts. In diesem Moment wusste sie nicht einmal mehr, wie ihre Mutter auf jenen alten Fotografien aussah, die sie in der obersten Schublade ihrer Kommode wie einen Schatz hütete. Aber sie spürte etwas. Spürte die Anwesenheit ihrer Mutter.

Das Tuch, durchfuhr es Lottie. Ihre Augen waren noch immer geschlossen. Sie musste das Tuch losgelassen haben. Sie hatte Angst, es noch einmal zu berühren, und dennoch ... sehnte sie sich danach. Vorsichtig schlug sie die Augen auf.

Der Raum war nicht wieder zu erkennen. Er sah aus, als sei er geschmolzen. Boden und Mauerwerk loderten weiß glühend. Die Tür und sämtliche Fenster waren in glutflüssigem Gestein verschwunden. Sie war allein.

Von den beiden Mäusen war keine Spur mehr zu sehen. Genauso wenig von den Webmaschinen und Spinnrädern. Und auch die gewaltigen Vorräte an Stoffen, Kordeln, Stricken, Ketten und Garnen waren bis auf den allerwinzigsten Faden vom Erdboden getilgt.

Es war nichts mehr da. Erst recht nicht ihre Mutter.

Nur noch sie selbst. Lottie.

Der Schleier des Vergessens

Hoch droben in der Windmühlen-Festung des Nachtkönigs spürte Lewis, wie der Boden, auf dem er stand, plötzlich erbebte. Er wusste nicht, welche Magie das Gebäude erschütterte. Auf die Idee, dass Lottie tief, tief unten die massiven Steinmauern ins Wanken gebracht und zerschmolzen hatte, kam Lewis keine Sekunde lang.

Nun, da der Nachtkönig gegangen war und ihn zusammen mit seiner Sammlung in diesen Raum eingesperrt hatte, schlotterte Lewis am ganzen Körper. Er brach in die Knie und sah sich ungläubig um. Er hatte die Begegnung mit seinem Vater tatsächlich überlebt! Er spürte eine leichte Berührung an der linken Hand. Oktober war aus seinem Versteck aufgetaucht.

Lewis atmete tief durch. Er war erleichtert – und zugleich voller Angst. Die verletzte Hand prickelte und brannte. Er musste die Wunde verbinden. Lewis entschied, eines der Tücher zu zerreißen und als Verband zu verwenden.

Die meisten Säcke eigneten sich nicht dafür. Sie waren entweder zu derb oder zu schwer, zu schmutzig oder zu kratzig. Lewis stand in der Mitte des Raumes und blickte sich prüfend um. Schließlich fiel ihm ganz zuunterst in dem wüsten Durcheinander ein Stoffzipfelchen auf, das wie weicher Flanell aussah.

Es fühlte sich wirklich unglaublich sanft an. Lewis zog daran und förderte einen hellgelben Beutel zu Tage. Er war etwa so groß wie ein Kissenbezug, sauber und dünn. Oktober stieß ein erschreckte Keuchen aus, als Lewis den Beutel ohne jedes Zögern mit der rechten Hand hochhielt, den Saum zwischen die Zähne nahm und dann mit aller Kraft ruckartig zog.

Der weiche Stoff zerriss ordentlich der Länge nach. Lewis verband seine Hand mit der einen Hälfte, den Rest des Tuches warf er auf den Haufen zurück. Oktober trippelte herbei und staunte ihn kurz an, bevor er Lewis half, den Verband festzuziehen und über dem Handrücken zu verknoten.

Lewis erwartete, dass das Blut den zartgelben Stoff rasch durchtränken würde, aber das geschah nicht. Binnen weniger Minuten fühlte er sich viel besser. Farbe kehrte in seine Wangen zurück. Er wackelte mit den Fingern und stellte überrascht fest, dass sich das gut anfühlte. Mehr noch, sie waren von neuer Kraft erfüllt. Ohne so recht zu wissen, warum, nahm Lewis die andere Hälfte des zerrissenen gelben Beutels wieder an sich und stopfte das weiche Tuch in die Gesäßtasche seiner Hose.

„Du – du hast gesprochen“, flüsterte Oktober.

Lewis nickte, dann sagte er: „Ja.“

Und dann lachte er doch tatsächlich. Der Mäuserich war dermaßen verdutzt, dass er einen Purzelbaum nach hinten schlug. Ganz bestimmt war in diesem kalten Raum noch niemals ein echtes Lachen zu vernehmen gewesen. Lewis' Stimme hallte laut und übermütig von den Wänden wider. Und etwas sehr Befremdliches geschah.

Der gigantische Stoffhaufen veränderte sich. Lewis und Oktober hielten die Luft an. Hatten sie sich das nur eingebildet? Plötzlich sah der Berg viel kleiner aus als noch vor wenigen Sekunden.

Sie bestaunten das Wunder mit großen Augen. „Also los! Wir haben eine Stunde!", sagte Lewis schließlich.

Sie machten sich an die Arbeit, sichteten Beutel und Säcke und Tücher und hunderterlei andere gewobene Kostbarkeiten. Sie verließen sich ganz auf ihr Gefühl und dachten keine Sekunde lang darüber nach, ob sie die richtige Wahl trafen oder nicht. Sie bildeten einen Haufen, auf den sie all jene Stücke warfen, die ihnen nur wie Attrappen vorkamen. Tücher aus Metall sortierten sie als Erstes aus, klirrend landeten sie in der Ecke.

Aus irgendeinem Grund berührte Lewis die Säcke ausschließlich mit der linken Hand, an der er den gelben Verband trug. Es schien ihm sicherer so. Seine Finger schmerzten schon längst nicht mehr.

Oktober hastete zwischen Beuteln, Tüchern, Säcken, Umhängen und Taschen hin und her, schnüffelte hier und schubste dort. Ein Sack, der aus einem merkwürdigen Krepppapier gefertigt zu sein schien, brach sofort in Flammen aus, als der Mäuserich neugierig hineinlugte. Er entkam nur mit Mühe und Not!

Lewis sprang ihm mit einem Löwensatz zu Hilfe und trampelte das Feuer mit seinen Stiefelsohlen aus.

Immer noch war Lewis ganz leicht ums Herz – obwohl seine Schuhe qualmten und den entsetzlichen Gestank von angesengtem Leder verströmten, und obwohl er die Angst in den Augen seines kleinen Freundes sah.

Er wusste einfach, dass sie eine Chance hatten. Vielleicht würden sie ihr Abenteuer nicht ohne Schrammen und Kratzer überstehen, aber bestimmt drohte ihnen nicht der Tod. Und seine Stimmung hob sich noch mehr, wenn er daran dachte, wie er sich gegen den Nachtkönig behauptet hatte.

Dann griff er nach einem Beutel aus schimmerndem, fließendem Tuch. Doch bevor er ihn berühren konnte, war er verschwunden. Lewis hielt verdutzt den Atem an, und Oktober ergriff Hals über Kopf die Flucht, er rechnete mindestens mit dem Ausbruch einer neuen Feuersbrunst. Doch nichts geschah.

Als Lewis sich später einmal mit Lottie darüber unterhielt, meinte er, dass ihm einige dieser Säcke wie Luftspiegelungen vorgekommen seien. Wie Trugbilder, die sich in nichts auflösten, sobald man sie berühren wollte. Er nannte sie Fata-Morgana-Säcke.

So schufteten die beiden Gefährten weiter, sichteten, schleppten und sortierten. Irgendwann hatte Lewis das sichere Gefühl, dass inzwischen mehr als eine Stunde vergangen war – viel mehr. Warum kam sein Vater nicht zurück?

Der Nachtkönig kam nicht zurück, weil er beschäftigt war. In der Windmühle überschlugen sich die Ereignisse.

Die Explosion in dem Raum unter der Mühle war in der ganzen Festung zu spüren gewesen. Wände wackelten, Böden erzitterten, Steine zerschmolzen, und viele scheinbar so massive Korridormauern – und mit ihnen die Durchgänge – verschwanden ganz einfach. Erst viel später verstanden Lottie und Lewis, dass ein Großteil der Festung aus purer Magie geschaffen worden war. Als die Wucht der Explosion die Grundmauern der Windmühle erschütterte, lösten sich die magischen Gebilde in Luft auf.

Robert und Umber fanden sich auf ihrer Suche nach Lottie plötzlich statt in engen Korridoren und Fluren in weiten, sauberen Hallen wieder. Nun mussten sie sich nicht mehr durch schattige Spalte und Risse zwängen. Sie stürmten voran und jauchzten vor Aufregung. Alles wird gut werden, dachten sie. Alles verändert sich.

Im allerhöchsten Turmzimmer – dort, wo Lewis vor Tagen einer ganz bestimmten Ratte sehr heftig auf den Rattenschwanz getreten war – spürte auch der Nachtkönig die Ausläufer des Bebens. Die Nager zu seinen Füßen heulten auf und drängten sich voller Angst zusammen. Jeder wollte sich ganz zuunterst in dem Leiberhaufen in Sicherheit bringen, und so zappelten und kämpften und fauchten sie wie von Sinnen, während ringsumher die ganze Festung wackelte. Was hatte das zu bedeuten?

Der Nachtkönig kickte den Leiberhaufen schnaubend beiseite. Ratten und Labormäuse wirbelten umher, flogen in hohem Bogen durch die Luft und purzelten wieder zu Boden. Dann taten sie etwas, das sie einen Tag früher noch nicht zu tun gewagt hätten: Sie rannten um ihr Leben. Blitzschnell waren alle verschwunden.

„Dummköpfe!", brüllte der Nachtkönig. „Dieses Gewackel hat nichts zu bedeuten, überhaupt nichts! Für eure Feigheit werdet ihr mir bezahlen!" Im Moment allerdings konnte er nichts tun. Nur die größten und stärksten Ratten waren bei ihm geblieben, seine sämtlichen anderen Untertanen hatten sich in ihren Verstecken in Sicherheit gebracht.

Der Nachtkönig wusste natürlich, dass das Gewackel sehr wohl etwas zu bedeuten hatte. Er verpasste der angstschlotternden Rattenbande einen Extratritt und stürmte die Stufen hinab. Er musste Lottie Cook aufhalten. Wenn er nur nicht bereits zu spät kam!

Lewis gab nicht auf, und auch Oktober eilte unermüdlich in der fensterlosen Kammer umher und schleifte Beutel und Säcke und Tücher und noch mehr Beutel und Säcke und Tücher zu dem gewaltig angewachsenen Haufen bei der Tür. Einmal verwandelte sich ein Sack plötzlich in Glas, und diamantscharfe Splitter ergossen sich über Lewis und zerkratzten ihm Gesicht und Hände. Und dann zog etwas seinen Blick wie magisch an.

Es lag ein wenig abseits. Er konnte nicht glauben, dass er es nicht längst gesehen hatte. Die Farbe war unglaublich: Scharlachrot, beinahe wie geschmolzen. Unter seinem Blick schien sie sich pulsierend zu verändern. Plötzlich hatte er Angst, das Ding zu berühren. Vielleicht war es glühend heiß? Es sah aus wie das Höllenfeuer selbst.

Er musste es anfassen.

Es war kalt. Es war eisig kalt und schien sein Innerstes in Milliarden von Eiskristallen zu verwandeln. Lewis hatte große Angst, sehr große Angst – aber seine Hand zuckte nicht zurück. Und mit einem Mal versiegte die Kälte. Die scharlachrote Farbe veränderte sich nicht mehr. Der Stoff war hauchdünn, Lewis konnte seine Hand durch ihn hindurchscheinen sehen. Es ist ein Schleier, dachte er benommen. Er spürte brausende Energie in jedem einzelnen Faden. Dieses hauchzarte Etwas war mächtig, mächtiger als jedes andere Stück, das er heute berührt hatte. Doch war es der Schleier des Vergessens?

Genau in diesem Augenblick wurde Lewis durch ein dumpfes, schweres Gerassel jenseits der Tür aufgeschreckt.

Sein Kopf ruckte herum. Jemand zog den Riegel zurück. Lewis machte sich darauf gefasst, dem Nachtkönig ein weiteres Mal von Angesicht zu Angesicht gegenüberzutreten. Er war bereit zu kämpfen. Dieses Tuch ... dieser Schleier ... Das hatte etwas zu bedeuten. Er hielt ihn wie eine Waffe hoch, es war seine Kampfansage an den Nachtkönig.

Doch nicht sein Vater stürmte in den Raum! Die Tür flog knarrend auf, und ein blonder, junger Mann trat wachsam über die Schwelle. Sein Gesicht sah wild entschlossen aus, und seine Augen blitzten. Um seine Waden schlängelte sich eine braune Katze.

Natürlich, das musste Robert sein!

Oktober nickte so heftig und glücklich mit dem Kopf, als wolle er nie wieder damit aufhören.

Robert erfasste mit einem Blick die Säcke und Tücher. Dann sah er den durchscheinenden scharlachroten Schleier, den Lewis ins Licht emporhielt. Ein Frösteln der Erkenntnis huschte über sein Gesicht. Er erinnerte sich und nickte. Das war er – der Schleier des Vergessens. Der Ausdruck in Roberts Augen ließ keinen Zweifel mehr zu.

Von draußen, aus dem steinernen Korridor, ertönte auf einmal lautes Geflatter. Lewis ergriff den Schleier fester, und Robert fuhr herum.

„*Krähhh!*" Umber rauschte durch die Türöffnung, und Lewis wusste sofort – das musste Lotties Vogel sein. Der Farbenwirbel ließ sich auf Roberts Schulter nieder und starrte ihn an. Auch Lewis guckte sich die beiden Fremden an. Er hatte sie noch nie zuvor gesehen, dennoch vertraute er ihnen bereits. Wenn sie hier sind, dachte Lewis, dann kann Lottie nicht weit sein.

Umber erschauerte, als er den Sohn des Nachtkönigs forschend betrachtete.

Die Ähnlichkeit war ungeheuerlich – aber nicht vollkommen. Umber gestand sich ein, dass aus Lewis' braunen Augen tiefe und echte Wärme sprach. Diese Wärme änderte alles.

Lewis' linke Hand reckte den scharlachroten Schleier noch ein wenig höher empor, sodass sie ihn alle sehen konnten. Und sie verstanden sich, ohne dass auch nur ein Wort fiel. Der Auftrag war erfüllt, der Schleier erobert. Jetzt galt es, mit der Beute zu entkommen. Doch zuerst sprachen sie alle drei zugleich die Frage aus, die sie am meisten beschäftigte: „Wo ist Lottie?"

Keiner von ihnen kannte die Antwort.

„Sie ist hier. Irgendwo in diesem Gebäude. Aber als Gefangene“, stieß Robert hervor, und Lewis’ Mut sank. Jetzt war an Flucht nicht mehr zu denken! Zuerst musste Lottie gefunden werden!

In dieser Sekunde erbebte die Festung unter einer weiteren Explosion. Verzweiflung loderte in den Augen der Gefährten auf. Lewis bemerkte ein winziges Kratzen an seinem Stiefel, bückte sich und nahm Oktober behutsam in seine rechte Hand. „*Kreisch!* Oktober Maus! Wo kommst du denn her? Wo hast du gesteckt?“

„Leise, Umber“, tadelte der Mäuserich, wobei er allerdings höchst erfreut lächelte. „Wir müssen den Schleier fortschaffen, aber die Durchgängc und Korridore sind nicht mehr sicher. Also müssen wir durch die Fenster – und zwar so schnell wie möglich!“

„Durch die Fenster!“ Lewis starrte ungläubig in die Runde. „Wir sind ziemlich hoch droben ... schließlich ist das hier der sechste oder siebte Stock!“

„Wir werden die hier benutzen“, erklärte Oktober, kletterte an Lewis hinab und huschte zu einem kleinen Stapel von Säcken in der Nähe der Tür hin. „Die sind harmlos. Nichts als Attrappen. Und es sind genug da für jeden von uns, glaube ich.“

Robert sammelte die Säcke bereits gehorsam ein und trug sie in den Korridor hinaus, obwohl er noch nicht ganz verstand, was der Mäuserich plante. Lewis jedoch ahnte es. Schon beim Sortieren hatte ihn der Stoff dieser Säcke an dünne Fallschirmseide erinnert. Der Mäuserich wollte, dass sie im siebten Stock aus dem Fenster sprangen!

Auch Lewis verließ nun endlich die steinerne Kammer des Nachtkönigs und trat auf den Gang hinaus. Er lehnte sich auf eine Fensterbank und schaute hinunter. Sofort wurde ihm schwindelig. Sie waren viel zu hoch oben. Niemals würde er in diesen Abgrund springen!

„Wa-was ist mit Lottie? Wir dürfen sie nicht im Stich lassen!“ Lewis' Pulsschlag raste, sooft er nur daran dachte, seinem Vater erneut gegenübertreten zu müssen.

„Wir gehen nicht ohne sie! Wir teilen uns auf!“, schlug Robert vor. „Umber, du nimmst den Schleier des Vergessens. Du kannst ihn tragen und weit, weit davonfliegen, an einen sicheren Ort.“

Umber starrte ihn von Grauen erfüllt an und wich zurück, als Lewis vortrat und ihm den feuerroten Stoff geben wollte. „Hab keine Angst“, sagte Lewis beruhigend. „Es passiert nichts, wenn man ihn berührt. Ich hab ihn die ganze Zeit gehalten, und es geht mir gut.“

Sie betrachteten ihn zweifelnd, seine verbundene Hand, sein zerkratztes Gesicht, die zerrissenen Kleider und die schwarz verkohlten Stiefel. „Es geht mir wirklich gut“, beteuerte er.

Der Vogel streckte ängstlich die Kralle aus, um den Schleier in Empfang zu nehmen. Lewis nickte ihm aufmunternd zu und wollte zu ihm hingehen, da –

Es ging nicht.

Lewis wich zurück. Er wollte Umber den Schleier geben, doch stattdessen trat er einen weiteren Schritt zurück. Die

Magie des Nachtkönigs hatte Besitz von ihm ergriffen. Lewis' Finger hielten den Stoff so verbissen umkrallt, dass sich seine Knöchel weiß färbten. Lass ihn los, dachte er, gib ihn her, doch sein Griff wurde nur noch fester. Er kämpfte dagegen an, biss sich auf die Unterlippe, bis es wehtat – und machte noch einen Schritt. Wieder in die falsche Richtung.

Die anderen starrten ihn entgeistert an. Umber war der Einzige, der genau zu wissen glaubte, was dies zu bedeuten hatte. Lewis und der Nachtkönig waren doch eins. Er hatte Recht gehabt, Lewis nicht zu vertrauen.

Die Festung erbebte unter einer dritten Explosion.

Einmal mehr kam Lewis in dieser Not sein kleiner Freund zu Hilfe. Oktober die Wahrhaftige Maus sauste blitzschnell an Lewis' Beinen hinauf und flüsterte ihm beschwörend ins Ohr.

Was die Maus in diesem Moment zu ihm sagte, daran konnte Lewis sich nie erinnern. Doch die Magie des Nachtkönigs zerbarst. Der Griff seiner Finger löste sich, der Schleier entfiel ihnen und schwebte sacht zu Boden.

Im selben Sekundenbruchteil wurde Lewis wieder er selbst. Seine Finger fühlten sich steif und kalt an, doch er war wieder Herr seines Willens.

Umber nickte nur ein einziges Mal, dann packte er zu und ergriff den scharlachroten Schleier. Eine Feuerwoge durchtobte ihn, und seine Federn sträubten sich vor Entsetzen. Dennoch schwang er sich ohne einen Blick zurück aus dem Fenster und flog davon. Alle lehnten sich hinaus und sahen ihm hinterher. Der Farbenwirbel kippte seitlich nach unten weg und raste dem Boden entgegen. Lewis befürchtete das Schlimmste, doch im letzten Moment fing Umber den Sturzflug ab, gewann an Höhe und flatterte in einem halsbrecherischen Zickzackkurs davon, so schnell es nur ging. Der Schleier des Vergessens wogte und loderte hinter ihm im Flugwind, sodass es aussah, als ob der Vogel in Flammen stünde.

Nun forderte Oktober Robert auf, den Sprung in die Tiefe zu wagen und so viele Bewohner Lichtlands wie möglich herbeizuholen. „Die Zeit des Versteckens ist vorbei!", rief der Mäuserich. Doch Robert zögerte.

„Du solltest springen", wandte er sich an Lewis. „Versuch zu entkommen, du hast schon genug durchgemacht. Vielleicht ist Lottie ja längst irgendwie aus der Festung entwischt. Doch für den Fall, dass sie noch hier ist - ich bleibe und suche sie!"

Das Gebäude wankte erneut, bedenklicher als je zuvor. Lewis wünschte sich nichts sehnlicher, als der Windmühle des Nachtkönigs zu entkommen. Die Vorstellung, dem Nachtkönig noch einmal zu begegnen, jagte ihm kalte Schauer über den Rücken. Robert legte ihm die Hand auf die Schulter. „Ist alles in Ordnung mit dir?"

Lewis nickte. Er hatte seine Entscheidung getroffen. Er würde nicht zulassen, dass seine Angst größer war als seine Tapferkeit! Er musste Lottie finden! Auch wenn das bedeutete, dass er möglicherweise noch einmal seinem Vater gegenüberzutreten hatte. „Ich will bleiben", sagte er. Kaum hatte er diese Worte ausgesprochen, waren sie die Wahrheit. Nichts konnte ihn jetzt noch umstimmen.

So kam es, dass Robert bekümmert den Kopf schüttelte, auf die breite, steinerne Fensterbank kletterte, die drei Säcke, die er als Fallschirme verwenden wollte, fest in die Hände nahm – und ohne zu zögern in die Tiefe sprang.

Lewis konnte es nicht mit ansehen.

Erst als Oktober losjubelte, öffnete er die Augen wieder und lehnte sich zittrig vor Anspannung über die Fensterbank. Winzig klein leuchtete dort unten Roberts blonder Haarschopf. Lewis winkte ihm zu.

Ein Windhauch fuhr Lewis in das zerkratzte Gesicht, und für einen winzigen Moment sah er sich selbst und wusste ganz genau, wie er von unten aussah. Sein Gesicht wirkte verändert, erschöpft und schmutzig. Er beugte sich weit aus der hohen Festung hinaus und winkte mit beiden Armen. Genau dieses Bild hatte er vor wenigen Stunden in einem magischen Beutel erblickt. Es war ein Bild aus der Zukunft gewesen. Er hatte sich selbst gesehen – nicht älter, nur verändert.

Er schob den Oberkörper noch ein bisschen weiter hinaus und rief zu Robert hinab: „Halte nach Lottie Ausschau!“ Robert winkte zurück, ließ seine drei Fallschirm-Säcke fallen und rannte hinter Umber her. Lewis zog sich zurück.

Behände kletterte Oktober auf seine Schulter. „Machen wir uns auf die Suche!“, piepste er verwegen.

Und so geschah es. Über und unter ihnen knirschten und malmten die Steine der Windmühle wie ein ungeheuerliches Gebiss. Roberts Katze folgte ihnen. Korridore, Hallen, Räume – Lewis kam sich vor wie in einem Labyrinth.

Die ersten Durchgänge brachen polternd in sich zusammen. Die Stimmen, die so lange im Schleier gefangen gewesen waren, erklangen ein letztes Mal in einem lauten, wilden Chor und verstummten dann. Lewis eilte von Raum zu Raum. Keine Spur von Lottie! Nirgends! Und immer noch mehr Gänge stürzten ein. Doch er gab nicht auf und sah in jeder noch so winzigen Kammer nach. Manchmal kamen ihm Räume so vertraut vor, dass er meinte, sie längst überprüft zu haben.

In der Tiefe unter der Windmühle stand Lottie bebend in den zerschmolzenen Überresten des Webzimmers. Obgleich alles außer dem Raum selbst verschwunden war, als sie das Tuch berührt hatte, konnte der Nachtkönig doch jeden Moment wie aus dem Nichts erscheinen.

Und genau das tat er.

Lottie schrie. Der Nachtkönig lächelte. Ihre Angst gefiel ihm.

„Lottie Cook! Was hast du mit meinen Webmaschinen angestellt?"

„Mr Weaver ...", hauchte Lottie entsetzt.

Natürlich erkannte sie ihn wieder. In ihrem Kopf drehte sich alles. Also hatte sich Umber doch nicht so sehr getäuscht. Lewis und der Nachtkönig waren zwar nicht ein und derselbe Mensch, aber Vater und Sohn.

„Zu schade, dass du die Webmaschine nicht mit beiden Händen berührt hast", sagte er. „Sehr wahrscheinlich hätte dich die Wucht der Erinnerungen in diesem Fall getötet."

„Ich war mit meiner Mutter zusammen“, erwiderte Lottie, ohne richtig nachzudenken.

„Wie süß!“, gurrte der Nachtkönig bösartig. „Aber selbst hast du es nie gewagt, ihre Erinnerung heraufzubeschwören, nicht wahr? Du hättest es die ganze Zeit tun können, das weißt du. Bei deinem Großvater hat es schließlich auch funktioniert“, höhnte er weiter. „Aber deinen stärksten Erinnerungen wagst du dich nicht zu stellen. Du bist zu feige, deine Mutter wieder zu erschaffen.“

„Ich hätt's wirklich tun können?“ Lotties Stimme war kaum hörbar. „Die ganze Zeit?“

„Natürlich. Hier unten ist die Macht des Erinnerns wahrhaft grenzenlos! In diesem Raum habe ich sie gewoben und gewirkt und in tausenderlei Stoffe gebannt. Einige von ihnen zeigen die Vergangenheit, einige, wie ich glaube, die Zukunft. Die Erinnerung an das Vergangene weissagt die Zukunft mit bemerkenswerter Genauigkeit, und Geschichte ist, wie es so schön heißt, immer auch Schicksal. In vielen meiner Tücher habe ich dich gesehen, Lottie. Aus irgendeinem Grund bin ich an dich gekettet, bist du mein Schicksal!“

Lottie schauderte.

„Oh, ich habe mir das Gehirn zermartert, um es verstehen zu können.“ Der Nachtkönig wiegte den Kopf. „Du und Lewis – ihr wirkt auf meine Zukunft ein. Sooft ich die Schleier betrachte, sooft ich sehen will, was aus *mir* wird, sehe ich nur *dich*. Oder manchmal auch euch beide. Soll ich in Zukunft also nur noch eine Erinnerung zweier Kinder sein? Oh nein, nein, das kann ich nicht zulassen!“

Lottie starrte ihn an. Sie trug die zukünftigen Erinnerungen an den Nachtkönig in sich?

„Deine dummen, langweiligen Geschichten schwirren jetzt schon überall in meiner Welt umher! Deine Kirschbäume und Maisfelder!“ Allein der Gedanke daran schien ihm Magengrimmen zu bereiten. „Ja, deine Erinnerungen sind stark, Lottie, sind eine Macht, die nicht meiner Kontrolle unterliegt. Noch nicht.

Aber das wird sich ändern. Heute. Jetzt. Bin ich erst Herr deiner Erinnerungen, bin ich auch Herr meines Schicksals. Ich werde dein Gedächtnis einfach auslöschen. Deine Erinnerungen stören die meinen, sie kommen ihnen in die Quere!“ Er lächelte auf eine Art und Weise, die Lottie das Blut in den Adern gefrieren ließ. Sie wollte den Knoten mit dem Kirschkern umklammern. Aber ihre Hände fühlten sich plötzlich taub und ungeschickt an.

„Ich helfe dir, deine Mama wieder zu sehen“, flüsterte der Nachtkönig und lächelte widerlich. Lottie konnte den Kirschkern nicht finden. Ihre Finger tasteten wie rasend umher. Da, endlich – der Knoten. Sie wollte ihn aufbinden und den Kirschkern herausholen, doch sie konnte es nicht. Ihre Eisfinger verweigerten jede Bewegung. Der Nachtkönig schlich geduckt heran, die Hände vorgereckt, bereit, sie zu packen.

Dann schnellte er vor, und seine eisige Hand krallte sich um Lotties Genick.

Alles wurde schwarz.

Lottie wirbelte tief hinab, trieb in einem Meer aus Gedanken. Sie konnte aus dieser Schwärze nicht mehr auftauchen, spürte nicht einmal mehr ihren eigenen Körper. Sie wusste nicht, was mit ihr geschah.

Der furchtbare Griff des Nachtkönigs lähmte und vergiftete sie. Lottie stürzte ohnmächtig zu Boden. Er schleppte sie mit sich, durch geheime Tunnel und Gänge empor zum höchsten Raum, in den er Lewis sicher eingesperrt wusste.

Es war seine Habgier, die das Blatt wendete. Der Nachtkönig wollte Lotties machtvolle Erinnerungen seiner Sammlung hinzufügen, unbedingt! Auf ihre magischen Erinnerungen wollte er auf keinen Fall verzichten. Er musste sie in den Schleier des Vergessens einsperren!

Während der Nachtkönig in halsbrecherischem Tempo nach oben hastete, stürmten Lewis und Oktober kaum weniger schnell über gewundene, verdrehte Korridore und Treppenfluchten in die entgegengesetzte Richtung. Sie jagten aneinander vorbei, ohne es zu merken; gewaltige Steinwälle trennten sie.

Als der Nachtkönig die allergeheimste Kammer erreichte und die offen stehende Tür sah, tobte er vor Wut. Diese Geräusche hörte Lewis durch die Windmühle hallen. Er drehte sich um und rannte. Rannte, so schnell er konnte.

Der Nachtkönig stieß Lottie grob zu Boden und blickte sich forschend in der Kammer um. Die Haufen wohl sortierter Säcke versetzten ihn in einen noch größeren Zorn. Er hatte erwartet, seinen Sohn leblos auf dem Boden liegend vorzufinden, und stattdessen musste er feststellen, dass seine tödliche Sammlung durchwühlt worden war! Dass man mit ihr herumgespielt hatte! Wo war der Schleier? Er brauchte ihn für Lottie Cook.

Lewis spürte, was geschah. Er wusste nicht, warum, aber er spürte es und rannte noch schneller. Zurück ins oberste Stockwerk der Windmühle.

Der Nachtkönig war außer sich. Währenddessen kam Lottie so allmählich wieder zu Bewusstsein. Mit dem Gefühl, aus purer Finsternis emporzuschweben, öffnete sie die Augen. Sie hörte den Nachtkönig toben und im Raum umherstapfen; magische Säcke wurden nach links und rechts davongeschleudert. Ganz dicht vor Lotties Gesicht lag etwas. Sie sah genauer hin und wunderte sich: Maisblätter?

In ihrem Kopf hallte dumpfes Gehämmer wider. Das waren Lewis' Schritte, doch sie glaubte, nur ihren eigenen jagenden Herzschlag zu hören. Sie fühlte sich so schwach. Immer noch versuchte sie zu verstehen, was da vor ihr lag. Maisblätter? Nein, das konnte nicht sein.

Lewis flog auf die geheime Kammer zu und brüllte „Lottie!"

Der Nachtkönig hörte ihn und riss schnell einen blauen Sack in die Höhe. Er hatte nicht die unerklärliche, seelenräuberische Macht des Schleiers. Er brachte einfach nur den Tod. Der Nachtkönig schalt sich selbst einen Narren, weil er das Unvermeidliche so lange aufgeschoben hatte.

„Lottie!" Lewis hatte die Kammer beinahe erreicht.

Dieses Mal hörte ihn Lottie, doch sie glaubte, sich seine Stimme nur einzubilden. Ihre Gedanken waren immer noch bei dem Ding auf dem Boden. Was war das? Ein Geflecht aus Maisblättern, eine Art ... Matte, vielleicht? Oder ein weiteres Tuch ... ein Sack, der ganz aus –

„Lottie!“ Lewis tauchte in der Türöffnung auf. Er sah seine Freundin ausgestreckt auf dem Boden liegen. Er sah den ungewöhnlichen Sack gleich in der Nähe ihres Kopfes. Er sah, dass sie danach griff.

Auch dem Nachtkönig entging diese Bewegung nicht. „Nein!“, donnerte er und stürzte quer durch den Raum. Lotties Hände glitten tief in den Sack aus getrockneten Maisblättern. Ein unheimliches Knistern und Rascheln wurde laut. Lewis hechtete kopfüber in den Raum hinein, auf Lottie zu, und schrie noch einmal gellend ihren Namen, als sich ihr Körper bereits auflöste und einfach verschwand.

Lottie hatte das Gefühl, sich zu verwandeln. Sie wurde zu einem Wasserfall, der sich von einem Raum in den nächsten ergoss.

Und sie war nicht allein.

Das Kreisel-Zimmer

Zu Hause herrschte tiefe Nacht.

Lotties Augen brauchten eine Weile, um sich an die veränderten Lichtverhältnisse anzupassen, bevor sie wusste, wo sie sich befand. Milchig weißes Mondlicht strömte auf sie herab. Hoch über sich sah Lottie ein Fenster – mit hauchdünnen Vorhängen. Etwas sehr Großes drückte gegen ihren Rücken. Sie wälzte sich herum und kam taumelnd auf die Füße. Mit einer weit ausgestreckten Hand tastete sie wie rasend herum, bis sie plötzlich erkannte, was es war. Ein Fußschemel. Ein riesiger Fußschemel. Sie war zu Hause, im Riesen-Zimmer.

Sie und ihr Vater hatten dieses Zimmer gemeinsam gebaut, in dem Sommer, in dem sie fünf wurde. Sie hatte ein Buch über winzig kleine Leute gelesen und wollte wissen, was es für ein Gefühl war, gerade einmal so groß wie ein Eichhörnchen zu sein. Also hatte ihr Vater turmhoch aufragende Möbel gebaut: einen Tisch mit zwei Stühlen, allesamt über vier Meter hoch, ein Regal, das bis zur sechs Meter hohen Decke reichte und mit gigantischen Büchern voll gestellt war, die sie ebenfalls zusammen gemacht hatten, und einen enormen Sitzsack – Lotties und Lewis' Werk –, der mit Maiskörnern gefüllt –

Maiskörner! Plötzlich erinnerte sich Lottie wieder an den Sack aus Maisblättern und spürte, dass sie ihn noch immer festhielt. Hatte er sie nach Hause gebracht? Wenn ja, dann konnte sie mit ihm auch Lewis retten!

Dann vernahm sie das Stöhnen.

Es war ein tiefes, grollendes Stöhnen, und es kam aus der Dunkelheit ganz in der Nähe ihres linken Fußes. Ihr Puls raste. Sie wusste, wer das war. Sie konnte es sogar riechen. Er verströmte denselben widerlichen Geruch, der in der Windmühle in Lichtland herrschte – den Geruch nach alter, abgestandener Luft! Jetzt sah sie auch seine dunklen, leeren Augen, in denen sich das spärliche Licht des Raumes spiegelte.

Der Nachtkönig war mit ihr nach Hause gekommen!

Die Reise schien ihm nicht gut getan zu haben. Sein Stöhnen hörte sich schrecklich an. Lottie hielt sich die Hand auf den Mund, um ein Zähneklappern zu unterdrücken. Licht! Sie wünschte sich sehnlichst mehr Helligkeit. Aber der Schalter für die einzige Lampe dieses Zimmers, das wusste sie nur zu gut, war drei Meter über dem Boden angebracht. Man erreichte ihn nur über eine an der Wand befestigte Strickleiter. Lottie dachte nicht daran, dem Nachtkönig den Rücken zuzuwenden.

Sie versuchte, den Maisblättersack zu sich heranzuziehen. Er hing irgendwo fest. Sie zerrte ein weiteres Mal – und hörte ein lautes Ächzen und Seufzen. Der Nachtkönig musste sich immer noch daran festhalten.

Was sollte sie jetzt nur tun? Sie musste so weit wie möglich weg von ihm, aber den Sack wollte sie unbedingt behalten. Sie brauchte ihn für Lewis. Vielleicht stellte er seine einzige Möglichkeit dar, nach Hause zurückzukommen!

Sie holte tief Luft und riss den Sack mit aller Kraft zu sich heran. Zuerst spürte sie einen Widerstand, aber dann hatte sie ihn! Sie nutzte ihren Schwung und rollte so leise wie möglich nach hinten weg, fort von dem Nachtkönig. Wieder ertönte ein lautes Stöhnen, aber mehr passierte nicht. Lottie kroch Millimeter für Millimeter weiter. Sie brauchte Hilfe. Sie musste aus dem Riesen-Zimmer heraus – und zu ihrem Vater kommen. Er würde längst schlafen, ausgeschlossen, dass er sie rufen hörte.

Lottie kroch unter dem riesigen Fußschemel hindurch, statt ihn zu umrunden. Das war der direkteste Weg zur Tür, außerdem fühlte sie sich in seiner Deckung ein wenig sicherer. Staub kitzelte in ihrer Nase. Sie krabbelte schneller und rieb sich verzweifelt die Nase, aber das Kribbeln blieb – und wurde stärker. Sie musste niesen. Und niesen. Sieben schrecklich laute Nieser!

Schlagartig verstummte das Ächzen. Lottie erstarrte. Sie hörte, wie sich der Nachtkönig bewegte. *Rums. Klapper.* Der Nachtkönig stolperte murrend in dem finsteren Zimmer umher. Er weiß nicht, wo er ist, dachte Lottie. Sie kroch lautlos weiter in Richtung Tür und hielt vor lauter Angst, noch einmal niesen zu müssen, die ganze Zeit den Atem an. Sie wünschte, sie hätte einfach nach ihrem Vater rufen können, aber sie wusste, dass es sinnlos war. Er hatte einen viel zu festen Schlaf. Sie musste zu ihm, ganz leise.

Autsch! Sie hatte sich an irgendetwas die Zehen angestoßen! Sie tastete danach – es war eine riesig große Stabtaschenlampe. Ihr Vater hatte sie vor ein paar Jahren bei einer Tombola gewonnen, und sie waren beide entzückt gewesen, weil sie so perfekt in ihr Riesen-Zimmer passte. Oft verwendet hatten sie das unhandliche Ding allerdings nicht, es war viel zu schwer und sein Licht so grell, dass man Kopfschmerzen davon bekam.

Lottie band sich den Sack aus Maisblättern sorgfältig um die Hüfte. Der raue Stoff fühlte sich brüchig an, und sie wusste nicht, ob er noch funktionieren würde, wenn er riss. Dann ergriff sie die Taschenlampe mit beiden Händen, hob sie hoch und tastete nach dem Schalter. Sie lehnte sich gegen die Wand und zwang sich, ruhiger zu atmen. Ihr Herzschlag raste vor Aufregung. Ihre größte Angst war, dass der Nachtkönig sie hörte, bevor sie bereit war. Plötzlich hörte er auf zu stöhnen und begann, sich von neuem zu bewegen. Er tappte ungeschickt auf Lottie zu. Kam immer näher. Lottie durfte nicht zulassen, dass er richtig zu sich kam, sonst würde es ihr nicht gelingen, ihm zu entkommen. Sie musste das grelle Licht der Taschenlampe als Waffe einsetzen, ihn damit blenden.

Lottie stand auf und richtete die schwere Lampe mit einigen Schwierigkeiten dorthin, wo sie ihren Feind noch vor wenigen Sekunden hatte ächzen hören. Dann knipste sie das Licht an.

Blendend weiße Helligkeit flammte auf und riss das Gesicht des Nachtkönigs aus dem Dunkel. Er heulte auf. Seine klapperdürren Arme schlugen wie Windmühlenflügel umher, als er versuchte, seine Augen zu schützen. Alles in Lottie wollte loslaufen, aber sie zögerte. Keuchend starrte sie den Nachtkönig an, wie er sich in der gleißenden Lichtflut wand und nur noch ein Bild des Jammers war.

Er sah nicht mehr aus wie der Nachtkönig. Er sah nur noch aus wie ein verwirrter, alter Mann. Wie Lewis' Vater. Lottie lief noch immer nicht weg. Sie empfand Mitleid mit ihm.

Das war ein Fehler.

Tatsächlich war der Nachtkönig in diesem Moment Mitleid erregend schwach. Nach so vielen, langen Jahren in Lichtland nach Hause zurückzukehren, das peinigte ihn mit Todesqualen. In all dieser Zeit hatte er jeden noch so winzigen Lichtstrahl gründlich gemieden. Der Großteil seiner Macht war in jenem Augenblick erloschen, als er ins Innere des Maisblättersacks gegriffen hatte. Und nun übergoss ihn Lotties Stablampe mit mehr Helligkeit, als er in Jahren zu ertragen gehabt hatte. Lottie Cook war drauf und dran, ihn zu besiegen! Doch dann fiel ihm auf, wie der Lichtstrahl zitterte, wie sehr er schwankte ... und da wusste er, dass sie schwach wurde.

„Hilf mir, Lottie", flehte er jämmerlich.

Und Lottie fühlte, wie ihr Mut sank. Was sollte sie jetzt nur tun? Ihre Hände bebten, und der Lichtstrahl ruckte hierhin und dorthin.

„Lottie", rief der Nachtkönig schwächlich aus. Jetzt, da sich die Silberhelligkeit in seinen Augen spiegelte, sahen sie beinahe normal und nicht mehr leer und frostig aus. Beinahe. Wie sollte sie sich entscheiden?

„M-Mister Weaver?", hauchte Lottie.

Bevor sie wusste, wie ihr geschah, machte er einen Satz

auf sie zu und schlug ihr die Stablampe aus den Händen. Sie polterte zu Boden, etwas darin zerbarst. Das Licht erlosch. Im Dunkeln hatte Lottie das Gefühl, als bewege sich alles nur noch in Zeitlupe. Sie drückte sich rücklings durch den Türspalt hinaus und spürte eiskalte Hände, die sie aufzuhalten versuchten. Es gelang ihr, sich loszureißen, und sie torkelte den schiefen Korridor entlang. Jetzt rief sie nach ihrem Vater, doch es kam keine Antwort. Sie rannte weiter. Mit traumhafter Sicherheit übersprang sie eine Stufe.

Hinter ihr schlug der Nachtkönig mit lautem Gepolter und Gegrunze der Länge nach hin. Er fand sich nicht zurecht im Labyrinth des Cook'schen Hauses. Lottie hingegen kannte sich hier aus wie in ihrer Westentasche. Vorsichtig schlüpfte sie in die Blätter-Kammer. Die Schicht aus altem Laub dämpfte ihre Schritte. Wenn ihr der Nachtkönig hierherein nicht folgte, konnte sie durch eine der Falltüren in der Decke verschwinden und es bis zu ihrem Vater schaffen.

Doch schon vernahm sie sein schweres Atmen in der offenen Tür! Sie stürmte weiter und verschwand mit einem Hechtsprung im gegenüberliegenden Türrahmen.

Sie tauchte kopfüber in einen engen Tunnel. Der Nachtkönig stieß ein Brüllen aus und sprang in die Blätter-Kammer herein, schlug wie toll mit beiden Fäusten um sich und versuchte, Lottie so im Dunkeln zu fangen.

Die Finsternis und der Modergeruch der Blätter waren dem Nachtkönig angenehm. Er fühlte sich besser. In der Mitte des kleinen Raumes blieb er stehen und horchte.

Währenddessen krabbelte Lottie den geheimen Tunnel entlang und kam in Rekordzeit im Kreisel-Zimmer heraus. Hier war es viel heller. Durch drei Dachfenster schimmerte das Mondlicht herein und spiegelte sich in der silbern glänzenden Tapete, mit der die Decke, sämtliche Wände und sogar der Boden beklebt waren. Tausendfach verzerrt sah Lottie darin ihr Spiegelbild.

Der Boden selbst bestand aus einer kreisrunden Bühne, die sich wie ein Kreisel drehen ließ. Die runden Wände bewegten sich auf einer eigenen Spur im Kreis herum. Lottie griff hinter sich, bekam den Hebel innerhalb des Tunnels zu fassen und zog daran. Knirschend erwachten die Wände zum Leben.

Lottie stellte sich in die Mitte des Zimmers und balancierte ihr Gleichgewicht aus. Sobald die Wände in Bewegung gesetzt waren, gelangte man nur noch dann aus dem Tunnel ins Kreisel-Zimmer herein, wenn das Loch in der Mauer genau mit dem in der Bühnenwand übereinstimmte. Dies würde den Nachtkönig zweifellos vor einige Schwierigkeiten stellen. Doch andererseits war es für Lottie ab jetzt nahezu unmöglich, an ihm vorbei wieder hinauszuschlüpfen.

Der Nachtkönig verharrte im Tunnel. Er hielt noch immer den todbringenden blauen Sack umklammert, den er in der Windmühle an sich genommen hatte. Seine Kräfte mochten schwächer geworden sein, aber die in diesen Stoff verwobene Magie – das wusste er ganz sicher – war nicht ins Wanken geraten. Als das Loch in der Bühnenwand wieder einmal vor der Tunnelöffnung vorbeizog, flackerten die unzähligen Spiegelbilder Lotties vor seinen Augen. Er schätzte die Drehgeschwindigkeit der Bühne ab und berechnete den günstigsten Moment für seinen Angriff.

Lottie vergewisserte sich, dass der Sack aus Maisblättern sicher um ihre Hüfte lag. Sie tastete nach ihrem Kirschkern. Wo war er? Es dauerte eine Ewigkeit, bis sie ihn aus dem Knoten im Saum ihrer Schlafanzugjacke herausgezupft hatte und fest in der Hand hielt. Sie machte sich auf sein Auftauchen gefasst. Trotzdem – als er aus der Tunnelöffnung hervorschnellte, war ihr, als würde sich eine Knochenhand um ihr Herz legen.

Der Nachtkönig sprang aus der silbrigen Bühnenwand heraus, ein Gewimmel von Armen und Beinen und flatternden grauen Kleidern. Lottie zuckte zurück, doch sie schrie nicht. Sie sah den blauen Sack in seinen Krallenfingern. Ob das der Schleier des Vergessens war? Lottie wusste es nicht.

Es gab kein Versteck mehr für sie. Und es war unmöglich, aus diesem Raum zu entfliehen. Der Kampf würde hier, in diesem Zimmer, stattfinden. Und zwar jetzt.

Noch lag der Nachtkönig benommen auf dem trügerischen Boden. Lottie verlagerte ihr Gewicht vom rechten aufs linke Bein, als würde sie auf einem Skateboard dahinsausen. Unter ihrem kraftvollen Rucken setzte sich der Kreiselboden schwerfällig in Bewegung. Der Nachtkönig wurde herum- und aufs Hinterteil geschleudert. Sofort versuchte er, wieder auf die Füße zu kommen, stolperte fuchtelnd umher und landete insgesamt noch dreimal auf dem knochigen Gesäß.

Lottie stand immer noch aufrecht in der Mitte des Zimmers, trieb mit ihren Schaukelbewegungen den Drehboden schneller und schneller an und spürte den Kirschkern in ihrer Faust so deutlich, als sei es ein Stein. Sie ließ den Kopf ihres Gegners nicht mehr aus den Augen. Aus langer Erfahrung wusste sie, dass man jede Orientierung verlor, wenn sich die silbrigen Wände und der silbrige Boden gleichzeitig bewegten. Hätte sie nach oben geschaut, wäre es mit ihrem Gleichgewicht aus und vorbei gewesen, vielleicht wäre ihr sogar schlecht geworden. Lotties größte Chance bestand nun darin, dass sie Herrin über ihre *und* seine Bewegungen blieb.

Der Nachtkönig schleppte sich mühsam auf allen vieren auf sie zu, doch er verlor sich in einem gleißenden Gewirbel aus Spiegelbildern an Decke und Wänden und drehte sich rundherum immer mit ihnen mit. Aber irgendwann kam er ihr wieder näher. Sogar nahe genug, um sie - mit ein bisschen Glück - packen zu können. Lottie bewegte sich leichtfüßig einen Schritt zurück. Und dann rannte sie los.

Sie rannte im Kreis und passte ihre Schritte dem sich drehenden Boden an. Es war wie in einer Tretmühle. Je schneller sie lief, desto schneller drehte sich der Boden. Der Nachtkönig stieß ein grimmiges Heulen aus, als er von der Fliehkraft erfasst wurde und rücklings zu Boden krachte. Nun schäumte er endgültig vor Wut. Er musste Lottie Cook vernichten! Er würde sie erwischen und in den todbringenden blauen Sack stecken!

Diesen Sack hatte er nur ein einziges Mal verwendet,

vor vielen Jahren, und mit wahrhaft grässlichem Erfolg. In dem Sack hatte er die Erinnerungen seiner jüngsten, unschuldigsten Opfer gemeinsam mit denen seiner bösartigsten Rattendiener verwoben. Das Spannungsverhältnis innerhalb des Stoffes war ungeheuerlich. Der Sack vibrierte unablässig, als wolle er sich selbst in zwei Hälften zerfetzen.

Der Nachtkönig grinste gemein und zog sich abermals auf dem Kreiselboden auf die Füße. Er wollte sich Lottie schnappen, sobald sie ihm nahe genug kam. Den tödlichen Sack hielt er bereit.

Doch Lottie stoppte in letzter Sekunde. Sie sprang hoch, drehte sich in der Luft geschickt wie eine Ballerina und kam genauso geschmeidig mit beiden Füßen wieder auf. Nun rannte sie genau in die entgegengesetzte Richtung. Der Boden ruckelte kurz und drehte sich dann ebenfalls anders herum. Der Nachtkönig purzelte Hals über Kopf gegen die vorbeifliegenden Spiegelwände.

Die Wirkung war beeindruckend.

Was nun Lottie betraf, sie hatte diese Bewegungen oft geübt. Sie hatte Stunden und Stunden allein im Kreisel-Zimmer zugebracht und gegen eingebildete Bösewichter gekämpft. Aber dieses Mal war der Schurke echt. Sie empfand kein bisschen Mitleid mehr mit ihm. Sie kümmerte sich auch nicht mehr darum, dass er Lewis' Vater war. Er war nur noch der Nachtkönig. Und sie würde ihn besiegen. Sie rannte schneller, sprang erneut hoch, drehte sich, rannte weiter. Er stürzte wieder. Und wieder. Er stöhnte, und sein Gesicht färbte sich grünlich.

Elf gewaltige Beulen zierten bereits seine Stirn, und Lottie dachte noch immer nicht daran, die Herrschaft über den Kreiselboden aufzugeben. Doch genauso entschlossen raffte der Nachtkönig wieder und wieder all seine Kraft zusammen und versuchte, sich auf sie zu werfen – und scheiterte ein ums andere Mal. Lottie gewann.

Und dann rutschte sie aus.

Einmal aus dem Gleichgewicht gebracht, gab es buchstäblich kein Halten mehr. Sie hörte noch einen Übelkeit erregenden Laut, dann wurde ihr linker Fuß von der wirbelnden Scheibe des Bodens hochgeschleudert. Und schon flog sie Hals über Kopf auf den Nachtkönig zu und landete genau zu seinen Füßen. Er musste nur noch einen seiner schwarzen Stiefel heben und fest auf ihre Brust hinunterdrücken – schon hatte er sie auf den Boden genagelt.

Lottie sah in das wutverzerrte Gesicht empor und schauderte. „Rühr dich nicht!“, zischte er sie an. „Jetzt ist es aus mit deinen Tricks!“

Aber Lottie dachte nicht daran, stillzuhalten. Solange sie lebte, hatte sie eine Chance. Sie schlug und trat mit Händen und Füßen um sich. Sie brüllte aus Leibeskräften nach ihrem Vater, aber ihre Stimme verhallte zwischen den verspiegelten Wänden. Der Nachtkönig schnitt eine Grimasse und drückte seinen Stiefel noch fester auf sie hinab. Gleichzeitig zerrte er den Sack herbei. Doch Lottie war noch immer nicht gebändigt. Sie traf seine knochigen Arme und stieß den Sack beiseite.

Geifernd vor Wut, packte der Nachtkönig ihren linken Arm und verdrehte ihn mit einem gemeinen Ruck. Grenzenloser Schmerz durchzuckte Lottie. Ihre Gedanken schwebten wie in Zeitlupe dahin. Ob sie wohl ohnmächtig wurde? Das wäre das Ende. Dann würde der Nachtkönig doch noch gewinnen. Ihre Erinnerungen würden für alle Zeit verloren sein, und diejenige an ihren Kirschbaum bestimmt zuallererst.

Ihr Kirschbaum ... In Lotties Kopf begann etwas zu summen. In Lichtland, in der Windmühle, hatte ihr eine verängstigte Labormaus etwas gesagt ... etwas Wichtiges ...

Lotties Augen wurden bereits glasig, direkt über sich sah sie ein dunkelblaues Loch gähnen. Das war der tödliche Sack. Mit der rechten Hand hielt Lottie noch immer den winzigen, glatten Kirschkern umschlossen. Sie schleuderte ihn mit letzter Kraft in die sich ausdehnende Schwärze hinein.

Zuerst hörte sie nur ein ganz leises Geräusch, ein Knirschen, als würde eine Flasche entkorkt. Kleine Flämmchen sausten innerhalb des Stoffs wie Irrlichter hierhin und dorthin. Verdutzt senkte der Nachtkönig den Sack. Lottie sah ihm an, dass sein Gehirn auf Hochtouren arbeitete. Was war jetzt wieder los? Und dann, gleich darauf, leuchtete für den Bruchteil einer Sekunde die Erkenntnis im Gesicht des Nachtkönigs auf, und er schielte sprachlos auf Lottie hinab, die immer noch unter seiner Stiefelsohle festgenagelt lag. Und dann gab es eine Explosion.

Für Lottie sah es so aus, als würde die klaffende Öffnung des Sackes plötzlich zehnmal so groß werden. Ein fürchterlicher Sog riss sie empor, und schon stürzte sie in einen Abgrund aus blauer Finsternis.

Doch auch dieses Mal war sie nicht allein.

Der Nachtkönig war wieder bei ihr, war gegen seinen Willen bei ihr, war mit ihr hineingesaugt worden in diese endlose Leere, zu der der Sack geworden war. Den Ausdruck puren Grauens auf seinem Gesicht vergaß Lottie nicht, solange sie lebte.

Als sie ihren Kirschkern in den weit offenen Sack geschleudert hatte, war etwas Entscheidendes geschehen. Begreifen konnte sie es erst viel, viel später. Der Sack war in allerbösester Absicht gewoben worden und besessen von einer ungeheuerlichen Gier nach allem, was dunkel war und schlecht. Der Kirschkern jedoch stellte eine geballte, konzentrierte Macht reinster, glücklichster Erinnerungen dar. Er war unschuldig und gut. Und er zerstörte den Stoff bis auf den letzten Fadenrest.

Lottie erzählte nie, was sie im Innern des Sackes erblickte. Sie sagte nur, dass sie sich nicht erinnere oder sich nicht sicher sei. Das entsprach jedoch nicht ganz der Wahrheit. Lottie wollte sich nicht erinnern, und sie wollte sich auch nicht sicher sein.

Das Kreiseln des Zimmers verblasste mehr und mehr, je tiefer sie in die Dunkelheit des Sackes davontrudelte – schneller, als sie es je für möglich gehalten hätte. Ein fürchterliches Kreischen und Heulen begleitete sie. Zuerst hielt Lottie dies für ihre eigenen Schreie, aber dann begriff sie, dass ihr Mund zwar weit offen stand, das Heulen jedoch hinter ihr ertönte.

Ein schrecklicher Gestank umfing sie, bis sie kaum

noch atmen konnte. Sie wirbelte und stürzte, stürzte und wirbelte, und alles geschah so rasend schnell, mit solch unermesslicher Wucht, dass ihre Augen und ihr Mund, weit offen blieben. Sie konnte den Nachtkönig nicht sehen, aber er musste derjenige sein, der da heulte und kreischte.

Und dann verlangsamte sich plötzlich alles.

Lottie schwebte wieder festem Boden entgegen. Das Kreischen war verstummt. Der Gestank verschwunden. Blendendes Licht umhüllte sie. Lottie spürte eine schreckliche Trockenheit in Mund und Augen und schloss sie. Schlimme Schmerzen pochten in ihrem linken Arm.

Wenn's wehtut, muss ich am Leben sein, dachte sie. Und dann wusste sie nichts mehr.

Glühwürmchen

Als Lottie und der Nachtkönig beide in den Sack aus Maisblättern griffen und im Nu aus Lichtland verschwanden, blieb Lewis zuerst wie tot in jenem schrecklichen Raum in der Windmühlen-Festung liegen. Dann stemmte er sich hoch und trommelte mit beiden Fäusten auf den steinernen Boden ein, der Lottie und seinen Vater verschluckt zu haben schien.

Oktober Maus sagte nichts. Sie hatten den Schleier des Vergessens in Sicherheit gebracht. Das war ihr Auftrag gewesen. Aber hatte Lewis deshalb seine Freundin Lottie Cook verloren? Und waren sie ohne Lotties Beistand überhaupt stark genug, den Nachtkönig endgültig zu besiegen, sobald er zurückkehrte? Denn zurückkehren würde er, da war sich Oktober sicher.

Eine lange Zeit verging. In den Tiefen der Festung grollte es. Die Windmühle wackelte immer bedrohlicher. Oktober fürchtete, dass sie jeden Moment zusammenstürzen und sie unter sich begraben würde, dennoch wollte er den Freund in seiner Verzweiflung nicht stören.

Schließlich stand Lewis auf. Der Mäuserich kletterte an seinem Bein empor und krabbelte in eine Hosentasche. Lewis rannte los, stürmte in den Korridor hinaus und weiter, die schwankende Steintreppe hinab. Die Gänge waren wie leer gefegt. Unter seinen Füßen bebte das Gestein. Einmal, als sie einen weiten Bogengang entlangeilten, brachen unmittelbar hinter ihnen die Mauern in einer Woge aus Krachen und Poltern, aus Staub und umherfliegenden Trümmern ein. Oktober zitterte und verkroch sich noch tiefer in die Tasche, aber Lewis schien das Getöse nicht einmal zu bemerken.

Als sie endlich Hals über Kopf aus der Festung hinaus ins Freie stürzten, fühlten sie sich wie neu geboren. Die kühle Luft war herrlich erfrischend. Sie roch grün wie nach wachsendem Leben. Ein beständiger Wind blies, aber die Windmühlenflügel regten sich nicht. Lewis ging einfach immer weiter, über die Steine mit den rätselhaften Zeichen hinweg, die denjenigen in seinem Notizbuch so unfassbar glichen.

Der Tag neigte sich dem Ende zu. Dies war die Zeit, in der alle guten Geschöpfe Lichtlands unter die Erde flohen, um Schutz und Sicherheit für die Nacht zu finden. Oktober machte sich Sorgen. Sein Freund Lewis hatte nicht vor, sich jemals wieder zu verstecken, da war sich der Mäuserich ziemlich sicher.

Hoch über ihnen rief ein Vogel. Es war eine Krähe. Zweifellos hatte Umber sie geschickt. Oktober erkannte sie: Kohlschwarz Krähe. Der Vogel kreiste über ihnen und schien ihnen Zeichen zu geben, doch er kam nicht näher. Noch während Lewis und Oktober verständnislos zu ihm emporstarrten, wurde hinter ihnen ein ohrenbetäubendes Krachen laut.

Ein gewaltiger Ruck ging durch die Windmühle. Sie schüttelte sich wie ein lebendiges Wesen. Dann stürzte sie ein. Das Krachen und Gepolter der riesigen Steinquader machte Lewis beinahe taub. Als endlich wieder Stille einkehrte, war nur noch ein riesiger Schutthaufen übrig. Alles sah aus wie daheim bei Weavers im Hinterhof.

Lewis staunte mit offenem Mund. Er stand da und blinzelte ungläubig.

Kohlschwarz Krähe flog einen letzten Kreis und flatterte davon. Sie würde Robert und Umber die Neuigkeiten überbringen. Und Lewis? Er drehte sich schließlich um und ging weiter. Oktober hatte es sich wieder in seiner Tasche bequem gemacht und schwieg.

Lewis war wie benommen. Ganz automatisch setzte er einen Fuß vor den anderen. Er erreichte ein dichtes Maisfeld und durchquerte es. Bald darauf erblickte er in der Ferne einen Baum. Er hielt noch immer nicht an, doch jetzt erhellte ein kleines Lächeln sein Gesicht.

Unermüdlich schritt Lewis aus, als gehe er nach Hause. Der Mais roch immer noch wundervoll süß, obwohl seine Blätter bereits vertrockneten und sich braun färbten. Zu Boden gesunkene Stängel knirschten unter seinen Sohlen. Als er auf der anderen Seite aus dem Feld heraustrat, ging die Sonne gerade unter. Vor dem rot glühenden Himmel zeichnete sich der Umriss von Lotties Kirschbaum deutlich ab. Lewis' Puls raste plötzlich, und er begann zu laufen.

Als er sein Ziel erreichte, wusste er, warum er hierher gekommen war. Dort, unter dem Baum, nicht schlafend, aber auch nicht wach, lag Lottie.

Durch die Äste hindurch fiel das Licht der untergehenden Sonne auf sie. Ihr zitronengelber Lieblingsschlafanzug war schmutzig und der Saum aufgerissen. Ihr Gesicht war voller Kratzer und Schnitte und ebenfalls sehr schmutzig. Noch nie in seinem ganzen Leben hatte ihr Anblick Lewis so überglücklich gemacht.

Es dauerte eine Weile, bis er Lottie zu einer Antwort bewegen konnte. Sie war verwirrt und verstand nicht, dass sie wieder in Lichtland war. Als Lewis ihren Arm berührte, stieß sie einen Schmerzenslaut aus. Ihm fiel das gelbe Tuch ein, das er immer noch bei sich hatte. Er zog es aus der Gesäßtasche und riss es in Streifen. Ohne ein Wort faltete er eine Schlinge und bettete Lotties Arm hinein. Ihre Lider flatterten, und sie erkannte, dass sie bei Lewis war. Sie war selbst zum Reden zu schwach.

Er half ihr, sich aufzusetzen und den Rücken gegen ihren Baum zu lehnen. Dabei bemerkte er in ihrer Tasche etwas Hartes. Er strich den Stoff glatt und war überrascht, als sein Notizbuch herausfiel und vor ihm auf dem Boden landete.

Es hatte sich verändert. Etwas Magisches war geschehen. Der Umschlag hatte die Farbe puren Silbers angenommen. Lewis kniete sich nieder und öffnete das Büchlein. Die rätselhaften Zeichen waren verschwunden. Wo bisher Kringel und Schnörkel und wüstes Gekritzel zu sehen gewesen waren, reihten sich nun Worte aneinander. Und sie waren in seiner Handschrift geschrieben! Es war eine Geschichte. Und sie handelte, wie Lewis fassungslos erkannte, von allem, was er wusste. Daran hatte er also die ganze Zeit geschrieben. In überwältigtem Schweigen kauerte er am Boden und las die Geschichte, von der er gar nicht gewusst hatte, dass er sie schrieb. Diese Geschichte, die er noch nie gehört hatte und tief im Herzen dennoch kannte.

Oktober Maus hangelte sich behutsam zum Boden hinab. Das rücksichtsvolle Geschöpf störte weder Lottie noch Lewis, die beide ganz in ihrer eigenen Welt verloren waren. Mehr noch: Der tapfere Mäuserich hätte jeden erbittert bekämpft, der so unverforen gewesen wäre, diese zwei aufzuschrecken.

Plötzlich flog etwas direkt an Oktobers Gesicht vorbei! Ein leuchtender, summender Lichtfunken! Ein Glühwürmchen! Ringsum hatte sich die Dunkelheit breit gemacht. Die ersten Sterne erschienen am Himmel. Oktober hatte noch niemals den Nachthimmel gesehen. Beim Anblick der schimmernden Sterne in der samtblauen Unendlichkeit verschlug es dem Mäuserich den Atem. Wie wunderschön! Oktober wandte den Kopf, um die andere Hälfte des endlosen Sternenhimmels bewundern zu können, und dort, hoch über dem Trümmerberg der Windmühle, erstrahlte der Vollmond. Und er sah wirklich ganz genauso aus wie eine Schale Vanillepudding!

Lottie schwankte in der hereinbrechenden Dunkelheit zwischen Wissen, wo sie sich befand, und absoluter Ahnungslosigkeit. Sie hatte das Gefühl, in der behaglichen Abendstille dahinzuschweben. Der Kampf war vorbei. Sie wusste nicht wirklich, wie er ausgegangen war. Doch sie hatte ihr Bestes getan. Mit dieser Gewissheit kam zum ersten Mal seit Tagen ein großer Frieden über sie, dem sie sich ganz hingab.

Lewis blieb bei ihr und hielt sein verwandeltes Notizbuch wie einen Schatz. Doch nach einer Weile hatte Lottie das Gefühl, ihm etwas Dringendes sagen zu müssen.

„Lewis", wisperte sie.

„Ja?"

„Er hat mich verfolgt ... bis nach Hause."

Lewis nickte. „Dachte ich mir schon", erwiderte er.

„Lewis?", hauchte Lottie noch einmal, und nun fühlte sich ihr Hals wie zugeschnürt an.

„Ja?"

„Ich weiß nicht, wo er jetzt ist. Er könnte tot sein. Oder auch nicht."

Lewis nickte wieder. Irgendwann würde es eine große Rolle spielen, ob sein Vater noch am Leben war oder nicht. Irgendwann würden sie sich dieser Frage stellen müssen. Aber nicht heute. Nicht in dieser Nacht.

Als die Abenddämmerung endgültig tiefer Finsternis wich, geschah noch etwas. Nun wich auch die Stille.

Zuerst hörte man eine Eule rufen. Es war genau dieselbe Eule, die Lewis in seiner ersten Nacht in Lichtland gehört hatte. *„Huuu ... Huuuuuu!"*, machte sie. Dann folgte das Lied einer Nachtigall. Es war so schön, dass es Oktober im Herzen wehtat. Und dann erklangen viele andere Stimmen, die die Nacht in Lichtland seit Jahren nicht gehört hatte.

Es waren Menschenstimmen. Eine von ihnen sang sogar ein Lied.

Lottie und Lewis kniffen die Augen zusammen, um besser sehen zu können. Robert kam! Er hielt eine Fackel hochgereckt und führte eine kleine Gruppe von Lichtlands Bewohnern an. Sie wirkten alle erschöpft, und obwohl sie mit weit aufgerissenen Augen um sich spähten, schienen sie nicht glauben zu können, was sie sahen. Was sind das für Leute?, fragte sich Lottie. Die ersten, die sich aus ihren Verstecken, aus den Nachträumen unter der Erde herausgewagt haben? Oder noch mehr Opfer des Nachtkönigs und seines Schleiers?

Erste Fackeln wurden in den Boden gesteckt. Robert und Lewis machten aus Maisstängeln im Nu immer noch mehr, bis ein weiter Lichterkreis den Baum umgab.

„Meine Freunde!“, sagte Robert schließlich und sah der Reihe nach Lottie, Lewis, Oktober und Umber an. „Ich fühle mich, als sei ich von einer langen Reise zurückgekehrt. Jeden Moment meines Lebens habe ich zurückerhalten. Jede Erinnerung, jede Geschichte, jede kostbare Kleinigkeit ...“

Lottie konnte kaum glauben, dass dies der Junge war, den sie einst in dem geheimen Nachtraum so träge hatte plappern hören.

„Jetzt ist Lichtland wieder ganz und gar unser! Nicht nur die sonnenbeschienenen Tage, sondern auch alle Nächte mit ihrem Sternenfunkelglanz! Und wir alle sind wieder ganz – und stärker denn je.“ Während Robert sprach, beobachtete Lewis, dass die Menge unter dem Baum immer größer wurde. Aus allen Himmelsrichtungen strömten Leute herbei. Er sah eine blonde Frau mit Tränen in den Augen ganz in seiner Nähe in den Lichterkreis treten. Die Frau lauschte Roberts Ansprache, und ihr Gesicht glühte vor Stolz.

„Heute Nacht feiern wir", rief er aus. „Aber wir müssen auch geloben, wachsam zu sein. Niemals wieder dürfen wir zulassen, dass ein Tyrann uns unseres größten Schatzes beraubt, unserer Erinnerungen!" Die Menge jubelte, und jemand brüllte: „Ist er tot? Ist er wirklich für immer verschwunden?"

Die Augen aller Anwesenden richteten sich auf Lottie und Lewis. Er schüttelte nur den Kopf. Lottie sah zu Boden und zuckte mit den Schultern. Sie wussten es einfach nicht.

Die Bewohner von Lichtland begannen, sich wieder zu fürchten. Ein vielstimmiges Raunen wurde laut.

„Der Schleier! Wo ist der Schleier?"

„Ist er wirklich zerstört worden?"

Robert trat einen Schritt zurück und deutete zu der Baumkrone hinauf. Dort loderte der Schleier des Vergessens wie eine rote Flamme. Er hing in den Ästen des Kirschbaums, seine Enden wogten im Wind. Stille senkte sich über die Menge. Und dann machte das Schweigen einem lauten, angsterfüllten Stimmengebrüll Platz.

„Ruhig, Freunde!", donnerte Robert dazwischen. „Seid still!" Als wieder Ruhe einkehrte, flatterte Umber zu ihm und ließ sich umständlich wie eh und je auf seiner Schulter nieder. „Keiner von uns weiß, wie dieser Schleier vernichtet werden kann, also muss er aus Lichtland entfernt werden! Und ich glaube, dass es nur einen gibt, dem diese Bürde auferlegt werden kann: Lewis!"

Wieder richteten sich alle Augen auf Lewis. „Ja“, antwortete er mit klarer Stimme. „Der Nachtkönig war mein Vater. Aber ich bin nicht mehr länger sein Sohn!“

Lotties Augen weiteten sich, als sie ihn zu der Menge sprechen hörte. Nicht nur, dass er überhaupt sprach, nein, er war auch ... tapfer.

Und das stimmte wirklich. Lewis hatte sich nie für tapfer gehalten. Für Tapferkeit war immer Lottie zuständig gewesen. Aber hier, in Lichtland, war er ganz auf sich allein gestellt gewesen und hatte dem Nachtkönig die Stirn geboten. In diesen schrecklichen Minuten hatte Lewis begriffen, dass er mutiger und stärker war, als überhaupt irgendjemand für möglich gehalten hätte.

Er sprach weiter: „Wenn ich einen Weg finde, Lichtland zu verlassen, dann nehme ich den Schleier mit.“

Die Menge war geteilter Meinung. Einige jubelten Lewis zu, andere tuschelten unruhig. „‚Wenn‘, hat er gesagt“, flüsterten sie. „Was heißt das, ‚wenn‘?“

Lottie ging zu ihrem Freund hinüber. Sie hielt etwas in der Hand. „Hier ist der Weg nach Hause, Lewis.“

Und sie zeigte ihm den Sack aus Maisblättern.

Lewis wickelte den gelben Verband von seiner Hand und benutzte ihn, um den flammend roten Stoff zu ergreifen. Lottie berührte ihre Armbinde, die aus demselben gelben Flanell bestand. Überrascht stellte sie fest, dass die pochenden Schmerzen verklungen waren. Die weiche gelbe Schlinge tat ihr gut. „Ich will sie noch nicht abnehmen“, sagte sie.

„Das brauchst du auch nicht", antwortete Lewis. „Meine reicht."

Lewis zeigte seine linke Hand dem Mäuserich. Oktober nickte entzückt. Lewis' Hand sah so gut wie neu aus. Nur wenn man sie sehr, sehr gewissenhaft untersuchte, konnte man eine winzige Narbe erkennen.

Vorsichtig faltete Lewis den Schleier des Vergessens nun zu einem kleinen Bündel zusammen. Der Schleier ließ seine Finger noch immer kribbeln und zittern, aber er hatte keine Macht mehr über ihn. Unterstützt von Oktober, verschnürte ihn Lewis sorgfältig mit den weichen gelben Stoffstreifen, bis das Scharlachrot vollständig darunter verschwunden war.

Umber konnte nicht anders: Er plusterte sich schaudernd auf, als Lewis dieses Bündel unter sein T-Shirt steckte. Der Vogel hatte genug gelitten, als das verhasste Ding in seinen Klauen gelodert und getobt hatte. Keine Macht der Welt hätte ihn dazu bewegen können, es so nahe beim Herzen zu tragen. Doch Lewis machte das nichts aus. Tatsächlich fühlte er sich so nur noch stärker.

Nun war es an der Zeit, nach Hause zu gehen. Lottie breitete sorgfältig den Maisblättersack auf dem Boden aus, und im nächsten Moment rangen alle entsetzt nach Luft.

An der Unterseite des Sackes klaffte ein faustgroßes Loch.

Lottie wurde ganz schwindelig, als sie sich erinnerte. „Zu Hause, im Riesen-Zimmer ... Da hat sich der Nachtkönig immer noch dran festgehalten. Ich hab den Sack dann mit einem Ruck zu mir hergerissen. Dabei muss es passiert sein! Vielleicht funktioniert er jetzt gar nicht mehr!“

„Doch!“, antwortete Lewis so überzeugt, dass alle verdutzt waren. Er kniete sich nieder, beugte sich über den Sack und zupfte an den Maisblättern. Er flocht und knüpfte. Als er sich schließlich aufrichtete, war der Sack wieder heil. An der Unterseite konnte man eine wellenartige Unebenheit erkennen, die an ein wogendes Maisfeld erinnerte.

Es bestand kein Grund, Lebewohl zu sagen. So nickten sie einander alle nur zu, dann steckten Lottie und Lewis die Hände in den Sack. Kurz glaubten sie, Zerox aufheulen zu hören.

Und dann war Lichtland verschwunden.

Aber nicht vergessen.

Alles, was ich weiss

Als Mr Cook und Miss d’Avignon Lottie und Lewis schließlich weckten, waren Tage vergangen.

Lewis war am Samstagmorgen aufgetaucht. Er lag auf dem Sofa im Wohnzimmer, tief und fest schlafend, den Kopf unter einem Kissen begraben. Besorgt suchte Mr Cook daraufhin das ganze Haus nach Lottie ab. Schließlich zwängte er sich durch den Tunnel, der in das Kreisel-Zimmer führte.

Oder das, was einmal das Kreisel-Zimmer gewesen war. Decke, Boden und Wände mussten gebrannt haben ... und zerschmolzen und wieder abgekühlt sein. Ihre Oberfläche glänzte dunkel und glasig. Und dort, in der Mitte des Raumes, lag Lottie und schlief. Sie sah mitgenommen und schmutzig aus, und sie trug den Arm in einer gelben Schlinge, aber sie war zu Hause. Und mit dem unversehrten Arm hielt sie das Geschichtenkästchen an sich gedrückt.

Sobald Mr Cook das Kästchen berührte, öffneten sich Lotties Augen mit einem Ruck. Sie sah ihren Vater und ihre Lehrerin, die beide neben ihr knieten. Das erste Wort, das ihr über die Lippen kam, war: „Lewis?“

Sie nickten, und Lottie sprang auf und rannte los, um

ihn zu wecken. Er fuhr kerzengerade hoch, blinzelte und lächelte.

„Danke“, sagte er laut. Lottie strahlte. Lewis tastete unauffällig unter sein T-Shirt. Der Schleier war noch da. Erst viel später bemerkten sie, dass der Maisblättersack, der sie nach Hause gebracht hatte, spurlos verschwunden war. Hatte er sich in Luft aufgelöst?

Lotties Vater und Miss d'Avignon kochten eine große Kanne Tee. Dann bekamen sie die Geschichte der Befreiung von Lichtland zu hören. Lottie hatte sich auf die Couch gestellt und untermalte ihre Geschichte mit wahrhaft theatralischen Gesten.

Und Lewis? Der sprach ebenfalls, als wäre es das Normalste der Welt. Mr Cook und Miss d'Avignon strahlten ihn an. Er fügte jene Abenteuer hinzu, die er allein durchgestanden hatte. Lottie konnte sich nicht helfen – er kam ihr wirklich viel älter vor, wenn er von seinem Vater sprach!

Keiner von ihnen verriet, was Lewis unter dem T-Shirt bei sich trug. Dieses Geheimnis war zu gewaltig, um es mit irgendjemandem zu teilen. Je weniger davon wussten, desto besser. Falls der Nachtkönig tatsächlich noch irgendwo dort draußen herumgeisterte, konnte er eines Tages vielleicht auf die Idee kommen, sich mit einer Hand voll magisch gewobener Maisblättersäcke auf die Suche nach seinem kostbaren Schleier des Vergessens zu machen.

Es wurde spät. Als das Telefon klingelte, wussten alle, dass dies nur Lucille Weaver sein konnte, die aus Peoria zurückgekehrt war und sich nach ihrem Sohn erkundigen wollte. Lewis ging höchstpersönlich an den Apparat, nahm den Hörer ab, ließ ein schelmisches Lächeln aufblitzen und meldete sich dann mit den Worten: „Hallo, hier spricht Lewis!“ – Dieses Mal herrschte am anderen Ende der Leitung Grabesstille.

Es war zu komisch, mitzuerleben, wie Lewis seine Mutter zu einer Antwort zu bewegen versuchte. Lottie konnte sich irgendwann nicht mehr länger beherrschen und prustete los. „Mutter?“, fragte Lewis immer wieder. „Bist du das?“ Doch er bekam nur ein ersticktes Kieksen zu hören.

„Ich komm gleich heim“, sagte er ihr schließlich und legte den Hörer auf. Als Lewis ging, um sich davon zu überzeugen, dass seine Mutter keinen Nervenzusammenbruch erlitten hatte, pochte er viel sagend gegen seine Brust, wo er nach wie vor das Bündel versteckt hielt. Lottie nickte sacht, sodass die Erwachsenen nichts bemerkten. Dann wünschten sie sich alle eine gute Nacht.

Am nächsten Tag sagte Lewis vergnügt „Guten Morgen!“ zu Betsy Pelican. Betsy benötigte etwa eine Sekunde, um zu begreifen, was da soeben geschehen war, dann stolperte sie über ihre eigenen Füße und purzelte in die Hecke vor dem Postamt.

Er setzte die ganze Schule in Erstaunen. Die Einzige, die nicht sonderlich überrascht schien, dass er sprach, war Alice Atwell. Sie sah lediglich äußerst erfreut aus. Lottie und Lewis hatten einen tollen Tag.

Dann war es Zeit für den Sportunterricht. Sportlehrer Haggler rieb sich die Hände, als sie in die große Halle kamen. „Ab heute“, verkündete er, „wird es für euch Sechstklässler wöchentliche Tests geben! Irgendwelche Fragen?“ Er sprach langsam und starrte dabei unablässig Lottie an, als wolle er sie ermutigen, sich zu melden. „Nein? Keine Fragen? Also gut. Dann brauche ich einen Freiwilligen, um euch zu zeigen, wie das Ganze ablaufen wird.“ Er strich über sein Doppelkinn. „Hmm, wie wär's mit ... Lottie Cook?“ Der Lehrer stapfte zu seinem Büro und tätschelte eine Stange, die er im oberen Drittel der Türöffnung befestigt hatte. Dann stopfte er sich die Trillerpfeife zwischen die Lippen und stieß einen Pfiff aus. „Dreißig Klimmzüge! Und los, zack, zack!“

Die ganze Klasse murrte.

„Du willst doch nicht durchfallen, oder?“ Mr Haggler ergriff die Stange mit beiden Händen und machte selbst vor, was er zu sehen erwartete. Er war stark. Er schaffte die dreißig Klimmzüge in Rekordzeit. Zehn weitere bewältigte er nur an der rechten Hand hängend. „Ich hab euch gefragt, ob ihr Fragen habt. Hattet ihr nicht. Niemand hatte was zu sagen. Also –“

„Ich hab was zu sagen.“

Diese Stimme hatte der Sportlehrer noch nie gehört. „Also gut“, brummte er, beendete den letzten Klimmzug und drehte sich um. „Also gut, wer will was sagen?“

„Ich.“

Es war Lewis. Hagglers Gesicht lief puterrot an. Er glaubte, man wolle ihn zum Narren halten. Einer dieser kleinen Strolche musste ihm einen gemeinen Streich spielen – dieser jämmerliche Weaver konnte doch gar nicht sprechen!

Lewis stand auf und sagte gelassen: „Sie hat einen gebrochenen Arm. Sie dürfen sie gar nichts machen lassen. Und überhaupt haben wir Klimmzüge noch nie geübt, deshalb wär's auch total unfair. Wenn Sie Lottie eine schlechte Note geben, dann müssen Sie mir auch eine geben."

„Und mir."

Die schüchterne Alice Atwell war ebenfalls aufgesprungen.

„Und mir auch!" Das war Betsy Pelican. Danach dauerte es nicht mehr lange, bis fast die ganze Klasse stand. Nur Brian Good und Alan Wolf hockten noch im Schneidersitz am Boden und starrten sich entgeistert an. Mr Haggler sah aus, als würde er gleich wie ein Feuerwerk explodieren.

„Wer hat hier das Sagen?", stieß er Speichel sprühend hervor. „Ich! Ihr dummen Kinder bestimmt hier gar nichts!" Er stürmte aus der Turnhalle, wobei er die Doppeltür so heftig aufstieß, dass der eine Flügel links, der andere rechts gegen die Wand schmetterte, und eilte in Richtung Rektorat davon.

Die Klasse jubelte.

Und den Sportlehrer bekamen sie an diesem Tag nicht mehr zu sehen.

Am Nachmittag bestand Mr Cook darauf, dass Lotties Arm untersucht wurde. Der Arzt kam aus dem Kopfschütteln gar nicht mehr heraus. Der Knochen war zweifellos gebrochen gewesen, sogar an zwei Stellen! Doch nun war er auf rätselhafte Weise schon wieder verheilt. Lottie zuckte die Schultern, streichelte liebevoll über die gelbe Schlinge und sah ansonsten ganz unschuldig drein.

Am Dienstagmorgen schließlich machten sich Lottie und Lewis schon sehr früh auf den Schulweg. Sie mussten Kriegsrat halten. Sie durchquerten schweigsam das Maisfeld. Lewis' T-Shirt hatte in Brusthöhe eine Beule, denn natürlich trug er noch immer den Schleier bei sich. „Ich glaube, ich hätte keine ruhige Minute, wenn ich ihn zu Hause lassen würde", erklärte er.

Lottie stimmte ihm zu. Was, wenn Mrs Weaver das Bündel fand und auspackte?

„Andererseits hab ich aber auch keine Lust, ihn für den Rest meines Lebens mit herumzuschleppen", fügte Lewis genervt hinzu.

Schließlich dachten sie sich einen sehr guten Plan aus. Spät in dieser Nacht schlich jeder von ihnen aus dem Haus. Lottie trug den größten Bohrer aus der Werkstatt ihres Vaters bei sich. Damit bohrten sie ein tiefes Loch in den Stumpf des Kirschbaums. Lewis schnürte das gelbe Bündel feierlich – und mit bloßen Händen – auf. Die Arbeitshandschuhe, die Lottie ihm anbot, lehnte er ab. Der rote Schleier des Vergessens flammte und versprühte sein Feuer genauso strahlend hell wie in Lichtland. Ihnen war klar, dass er immer noch mächtig und gefährlich war. Der Stoff knisterte und prickelte in Lewis' Händen. Lewis zuckte zusammen, doch er ließ ihn nicht fallen.

Stattdessen stopfte er den Schleier tief in den Baumstumpf. Dann füllten sie das Loch mit einem Brei aus dem vorher gewonnenen Kirschbaum-Sägemehl, Leim und Maissirup auf. Es war eine ziemliche Manscherei, aber die Masse wurde rasch hart, und danach war das Versteck perfekt getarnt.

Die gelben Flanell-Streifen waren eine andere Sache. Sie schienen nicht gefährlich zu sein, doch da der Nachtkönig sie gewoben hatte, konnte man sich dessen wohl nicht wirklich sicher sein. Aber Lottie und Lewis hingen an den Streifen. Sie fühlten sich auf eine ganz sonderbare Art und Weise zu ihnen hingezogen.

Deshalb wurde einstimmig beschlossen, sie zu behalten. Lottie bewahrte ihre Armschlinge in dem Geschichtenkästchen auf, Lewis seine Streifen unter seinem Kopfkissen.

In der folgenden Woche sammelte Miss d'Avignon die ersten Entwürfe ihrer Aufsätze ein. Die Sechstklässler lieferten ziemlich gute Arbeiten ab. Zumindest hatten sie sich bemüht.

Und das war immerhin schon eine ganze Menge, wenn man bedachte, dass die meisten Menschen sich niemals die Mühe machten, darüber nachzudenken, wie viel sie eigentlich wussten. Oder die Grenzen dessen zu erforschen, was sie leisten konnten. Die überwiegende Mehrheit der Leute, so scheint es jedenfalls, verzichtet ganz freiwillig darauf, ihre Kraft und auch jene bescheidene Magie, die tief in jedem schlummert, zu nutzen.

Lottie und Lewis gehörten zu den Ausnahmen. Sie wussten um alles, was sie wussten.

Am Tag vor den Herbstferien mussten sie ihre fertigen Aufsätze abgeben. Lewis hatte seine Lebensgeschichte aufgeschrieben. Sie war dreiundsiebzig Seiten lang.

Hier kommt Lotties Aufsatz. Er war nicht schrecklich lang, aber sie hätte ihn auf keinen Fall in der Mittagspause schreiben können.

ALLES, WAS ICH WEISS – von Charlotte Cook

Es gibt zwei Arten von Dingen, die ich weiß. Da sind einmal die Dinge, die ich gelernt habe. Sie sind schnell aufgezählt.

Ich habe gelernt, wie man kocht und wie man ein Extra-Zimmer ans Haus anbaut. Ich weiß, wie man Feuer macht (erst um Erlaubnis fragen) und wann man das Laub zusammenrechen muss. Ich weiß, wie man ein Pferd striegelt und einem Hasen die Krallen schneidet (sehr vorsichtig). Ich kann seilspringen und Schlittschuh laufen und Haare schneiden (zwei verschiedene Frisuren). Ich kann jedes Lied nachpfeifen, das ich mal gehört hab. Ich weiß, wie man aus Blättern eine Girlande bindet und wie man dafür sorgt, dass Kratzer aufhören zu bluten (mit Moos). Ich weiß, wie ich mein Bett machen muss, damit man eine Münze drüberhüpfen lassen kann wie einen Stein über Wasser. Ich weiß, wo in der Scheune mein Vater meine Weihnachtsgeschenke versteckt.

Ich weiß, wo Norden ist. Ich kann eine Landkarte lesen. Ich weiß, wann es schneien wird (man kann es riechen). Ich weiß, dass es Spaß macht, ein gutes Buch zweimal zu lesen (mindestens). Ich weiß, wo die Babys herkommen. Ich weiß ein bisschen was über Geschichte, ein bisschen was über Erdkunde, und mit Rechnen komme ich auch einigermaßen klar. Ich weiß ein paar naturwissenschaftliche Dinge. Ich weiß, wie ein Regenbogen aussehen würde, wenn ich ihn von oben sehen könnte (das ist Physik). Ich weiß, wie ich den Großen Bären finde und den Kleinen Bären und mein Lieblingssternbild, den Gürtel des Orion (den ich eines Tages gern mal anprobieren würde). Ich weiß, was ich mag (Pfeffer-Sülze). Ich weiß, was ich nicht mag (Völkerball). Ich weiß, wer meine Freunde sind.

Und ich habe gelernt, dass es so etwas wie Magie wirklich gibt. Ich weiß nicht immer, wo ich sie finde, aber ich weiß genug darüber, dass ich Ausschau danach halte.

Die anderen Dinge, die ich weiß, sind diejenigen, die ich irgendwie schon immer gewusst habe. Einige von diesen Dingen sind schwer zu beschreiben. Zum Beispiel habe ich immer gewusst, dass ich anders bin als die meisten. Schwer zu sagen, warum. Meine Familie ist anders, und meine Erinnerungen sind auch anders.

Mein ganzes Leben lang haben mich Leute komisch angeguckt. Manchmal traurig, manchmal neugierig. Sie sagen Sachen über meine Mutter wie: „Was meinst du, wäre deine Mutter stolz auf dich?“ Oder: „Was würde jetzt wohl deine Mutter sagen?“

Bisher habe ich immer mit den Achseln gezuckt. Ich hab

einfach nie gewusst, was ich auf solche Fragen antworten soll. Aber jetzt weiß ich es.

Vor kurzem habe ich herausgefunden, was ich eigentlich schon mein ganzes Leben lang hätte wissen müssen. Ich habe herausgefunden, dass ich meine Mutter immer in mir trage. Sie ist immer bei mir. Zusammen mit allen meinen anderen Erinnerungen. Erinnerungen haben ganz tiefe Wurzeln. Tiefere, als in einem Leben wachsen können, oder auch in zwei. Und manche überdauern sogar die Zeit, man muss sie nur lassen. Das ist auch eines von den Dingen, die ich weiß.

Ich weiß auch, dass ich alles schaffen kann. Wenn ich etwas wirklich tun muss und mich fest genug darauf konzentriere, dann kann ich es tun. Egal, was es ist. Sogar, wenn es unmöglich ist.

Ich weiß, was wichtig ist. Ich weiß, was nicht wichtig ist. Wenigstens jetzt gerade. Und ich weiß: Das, woran wir uns erinnern können, ist alles, was wir haben.

ENDE

Danksagungen

Eines Abends rief ich meinen Großvater an und wollte ihm ein paar gute Neuigkeiten mitteilen. Er hatte sein Hörgerät bereits abgenommen und sprach dementsprechend laut: „Ich versteh kein Wort, aber ich bin stolz auf dich.“ Das ist die Art von Unterstützung, die mir meine Familie immer hat zuteil werden lassen.

Danke an meine ersten Leser: Nardi Reeder Campion, George Singer, Matthew Hedley, Sarah Robson, Miriam und Melanie Subbiah, danke an Margo Doschers Klasse in Norwich, Vermont (besonders für den Satz „Wir mögen es, weil es wirklich geschehen könnte“) und die guten Zuhörer an der John Lyman School in Middlefield, Connecticut.

Danke an Charles Melcher, Präsident von Melcher Media und talentierter Freund, der mich jedes Mal in die richtige Richtung gelenkt hat. Danke an Amy Griffin, meine kundige Lektorin bei Orchard Books, und an Jean Feiwel bei Scholastic.

Danke für Inspirationen an Tante Lottie Cook. Oliver Alex, unseren täglichen Besucher. Julia, Hugh, Alan, Audrey und Scott McCutchen.

Danke an meine Töchter, Julia und Catherine. Und an meinen Mann, Thomas Kannam, vom ersten bis zum letzten Kapitel.

H. L. McCutchen lebt mit ihrem Ehemann, ihren beiden Töchtern und zwei Hunden in einem alten Farmhaus in Conneticut. Sie nutzt jede freie Minute zum Schreiben und zwar überall: im Schwimmbad, im Garten oder in der Bibliothek. Nur am Schreibtisch bringt sie keine Zeile zu Stande. *Das Land der verlorenen Erinnerung* war ihr erster Roman, und in Amerika gleich auf Anhieb ein großer Erfolg. Inzwischen hält H. L. Mc Cutchen viele Lesungen in Schulen ab – und manchmal kommen dazu ihre Leser im Schlafanzug – genau wie Lottie!

Birgit Brandt wurde 1974 in Minden geboren. Nach dem Abitur studierte sie Kunstpädagogik und Kommunikationsdesign in Wuppertal und an der Hochschule für bildende Künste in Hamburg. Bereits während ihres Studiums nahm sie an zahlreichen Ausstellungen teil. Seit 2001 ist Birgit Brandt als freiberufliche Illustratorin und Designerin tätig. Besonders gerne malt sie Tiere. Was sie gar nicht mag, sind stumpfe Bleistifte. Und wenn sie gerade mal keinen Stift zur Hand hat, reitet sie oder spielt Klavier – am liebsten Chopin.

„Ich heisse Oliver“, sagte Oliver.

„Auch das noch“, sagte Twist.

Es ist Mai 1856, und der Frühling hat gerade begonnen, als der Waisenjunge Oliver auf einer staubigen Landstraße in den Weiten Schottlands von einem Dackel angesprochen wird. Der Dackel hört auf den Namen Twist, schreibt Bücher mit einem Herrn namens Charles Dickens und ist entführt worden. Behauptet er.
Kurz darauf befinden sich zwei ungleiche Helden mitten in einem wunderlichen Abenteuer, das sie quer durch England führt. Vorbei an verfallenen Kirchen und Burgen, durch vergessene Höhlen und finstere Wälder geht die Reise. Ihnen stets dicht auf den Fersen sind ein verrückter Schriftsteller und eine geheimnisvolle Frau in Weiß ...

Antonia Michaelis
Die wunderliche Reise von Oliver und Twist
224 Seiten
ISBN 3-7855-4626-2